PORTRAITS DE FEMMES DANS LA LITTÉRATURE

Portraits de *femmes* dans la littérature

Textes choisis et présentés par
Alain Malle

ÉDITIONS
GARNIER

DANS LA MÊME COLLECTION

La France vue par ses grands écrivains et illustrée en peinture

ISBN : 978-2-3518-4265-2
Achevé d'imprimer en Italie par Stige Arti Grafiche en avril 2019
Dépôt légal : mai 2019

Avant-propos

Ce livre rassemble les portraits de quelques personnages féminins parmi les plus emblématiques de la littérature française. Chaque texte est associé à une œuvre picturale de la même époque, un tableau qui lui fait écho par son sujet ou sa thématique. Cette galerie de portraits est divisée en six « salles » où sont rapprochés des personnages partageant des caractéristiques communes.

Les Muses et figures allégoriques sont des inspiratrices. Ces femmes réelles, aimées des poètes, sont célébrées dans leurs vers : Diane Salviati (Agrippa d'Aubigné), Jeanne Duval (Baudelaire), Lou (Apollinaire). À leurs côtés, les figures imaginaires d'Ophélie, rêvée par Rimbaud, de Cendrillon, créature de Perrault, et de Perrette qui chemine dans l'éternité de nos mémoires par la grâce de La Fontaine.

Les Fatales, Mme de Merteuil (Laclos), Carmen (Mérimée), Nana (Zola), répandent le malheur ou la mort en usant de leurs charmes et connaissent une fin tragique. Aux côtés de ces figures de la perdition infligée aux hommes est placée Colomba (Mérimée), qui n'a rien d'une séductrice sexuelle mais qui se veut instrument de la Fatalité au sens où, dans son code de l'honneur de la famille corse, le crime prescrit la vengeance personnelle. D'une certaine façon, elle est, comme les autres « fatales », une sorte d'oxymore romanesque qui unit innocence et perversité.

Les Martyres sont sans recours. Virginie (Bernardin de Saint-Pierre) a été arrachée à son paradis exotique et périt dans un naufrage au moment où elle va retrouver son île bienheureuse. Justine (Sade) est la victime d'une volonté délibérée d'imposer la souffrance pour défier un Dieu pourtant nié. Esmeralda, gracieuse et sensuelle enfant de la rue, et Fantine, grisette à l'éphémère bonheur avant d'être la mère héroïque de Cosette, sont les sœurs hugoliennes du malheur provoqué par l'égoïsme masculin. Si le martyre de Boule de Suif, évoqué par Maupassant, ne dure que le temps d'un voyage, celui de Félicité, sous la plume de Flaubert, est de toute une vie de dévouement, achevée dans la misère et la folie.

Les Figures du renoncement sont des personnages auxquels s'impose un impératif moral, qui les amène à renoncer au bonheur ou même à la vie. Atala (Chateaubriand) et Emma Bovary (Flaubert) se suicident, l'une pour fuir son propre désir condamné par son fanatisme religieux, l'autre pour échapper à la honte de sa déchéance sociale. Andromaque (Racine) et Mme de Clèves (Mme de La Fayette) se veulent fidèles à un mari mort. Julie d'Étange (Rousseau) choisit contre la passion le mariage de raison, Corinne (Mme de Staël) s'efface devant sa demi-sœur : pour ces deux personnages, c'est la volonté du père qui l'emporte sur l'élan du cœur. Et c'est encore le fantôme tutélaire du père qui hante la vie solitaire d'Eugénie Grandet (Balzac).

Enfin, les Rebelles refusent les déterminismes quels qu'ils soient. Olympe de Gouges est l'indépassable féministe du temps de la Révolution, dont la *Déclaration des droits de la femme* semble anticiper, à sa façon, la maxime de Sade : « Français, encore un effort si vous voulez être... » révolutionnaires. Fadette (Sand) oppose aux convenances sociales une force de caractère hors du commun. Renée, la *Vagabonde* de Colette, s'affranchit de la domination masculine. Albertine (Proust), qui ose l'amour saphique, et l'adolescente qui brise les tabous de la différence d'âge et de race dans *L'Amant* de Duras, sont deux figures du désir libéré. Enfin, Khady Demba (NDiaye) incarne la résistance à tous les malheurs, familiaux, économiques, politiques, imposés à ses sœurs africaines.

Les muses

Diane Salviati par Agrippa d'Aubigné

Diane Salviati est la nièce de Cassandre, chantée par Ronsard dans ses Amours. Agrippa d'Aubigné la rencontre au château de Talcy, où il trouve refuge après une attaque sur une route de Beauce qui le laisse grièvement blessé. Gentilhomme calviniste et homme de guerre, engagé dans les combats entre catholiques et protestants, il ne doit qu'à son absence de Paris lors de la Saint-Barthélemy d'avoir échappé au massacre. Son engagement dans les guerres de Religion lui inspire son œuvre poétique majeure, Les Tragiques, poème qui ressortit à la fois à l'épopée et à la satire, dénonciation des horreurs de la guerre et de la responsabilité des princes. Le Printemps, composé dans les années 1570, rassemble les sonnets de l'Hécatombe à Diane, des Stances et des Odes. À la manière de Ronsard, dont il était un lecteur fervent, Agrippa d'Aubigné célèbre cette Diane qu'il ne pourra pas épouser, rejeté par sa famille catholique. Il évoque un véritable foudroiement de son être par la beauté de Diane, femme idéalisée, divinisée, muse qui le transmue lui-même en être divin. Dans une expression hyperbolique du sentiment amoureux, son poème mêle aux élans spirituels quasi religieux des références sensuelles au bonheur de l'amour partagé dans l'image d'un paradis inaccessible aux envieux.

À l'éclair violent de ta face divine,
N'étant qu'homme mortel, ta céleste beauté
Me fit goûter la mort, la mort et la ruine
Pour de nouveau venir à l'immortalité.
Ton feu divin brûla mon essence mortelle,
Ton céleste m'éprit et me ravit aux Cieux,
Ton âme était divine et la mienne fut telle :
Déesse, tu me mis au rang des autres Dieux.
Ma bouche osa toucher la bouche cramoisie
Pour cueillir, sans la mort, l'immortelle beauté,
J'ai vécu de nectar, j'ai sucé l'ambroisie,
Savourant le plus doux de la divinité.
Aux yeux des Dieux jaloux, remplis de frénésie,
J'ai des autels fumants comme les autres dieux,
Et pour moi, Dieu secret, rougit la Jalousie
Quand mon astre inconnu a déguisé les Cieux.
Même un Dieu contrefait, refusé de la bouche,
Venge à coups de marteaux son impuissant courroux,
Tandis que j'ai cueilli le baiser et la couche
Et le cinquième fruit du nectar le plus doux.
Ces humains aveuglés envieux me font guerre,
Dressant contre le ciel l'échelle, ils ont monté,
Mais de mon Paradis je méprise leur terre
Et le ciel ne m'est rien au prix de ta beauté.

À l'éclair violent de ta face divine, dans *Stances*, 1573.

◀ Raphaël, *Portrait d'une jeune fille*, XVIe siècle, tempera sur panneau.

Jeanne Duval par Charles Baudelaire

En 1841, Charles Baudelaire, vingt ans, est étudiant en droit. Il ne va jamais en cours, préférant la littérature et se voyant déjà poète. Il mène la vie de bohème : alcool, drogue et petites femmes. En vertu de l'adage qui veut que les voyages forment la jeunesse, son beau-père, le sévère général Aupick, envoie Baudelaire faire un tour aux Indes. Or, c'est précisément ce voyage qui révèle au poète tous les charmes de l'exotisme. Quinze jours après son retour, en février 1842, il rencontre Jeanne Duval dans un théâtre. Leur relation durera vingt-cinq ans, émaillée de querelles, de séparations toujours suivies de retrouvailles. Le personnage de Jeanne reste entouré de mystères et d'incertitudes : on ignore si Jeanne est son vrai nom ; on ne connaît ni la couleur exacte de sa peau, ambre, brun, cuivre, selon les témoins, ni son origine non plus, que l'on situe mal, des Caraïbes à l'Océan indien, mélange peut-être de « la langoureuse Asie » et de « la brûlante Afrique ». Aucun doute en revanche ne plane sur sa beauté : elle est attestée par le trait de Baudelaire lui-même dans ses dessins qui glorifient sa svelte silhouette et le regard de « ces Yeux pleins de lumières,/Qu'un Ange très savant a sans doute aimantés » qu'il décrit aussi dans Le Flambeau. *Et de combien d'autres poèmes des* Fleurs du Mal *est-elle l'inspiratrice ? À l'instar de* La Chevelure, *ce blason exalté mêlant les sensations voluptueuses, « le parfum, le son et la couleur », sources d'un voyage intérieur où semble s'accomplir le rêve d'un paradis exotique.*

La Chevelure

Ô toison, moutonnant jusque sur l'encolure !
Ô boucles ! Ô parfum chargé de nonchaloir !
Extase ! Pour peupler ce soir l'alcôve obscure
Des souvenirs dormant dans cette chevelure,
Je la veux agiter dans l'air comme un mouchoir !

La langoureuse Asie et la brûlante Afrique,
Tout un monde lointain, absent, presque défunt,
Vit dans tes profondeurs, forêt aromatique !
Comme d'autres esprits voguent sur la musique,
Le mien, ô mon amour ! nage sur ton parfum.

J'irai là-bas où l'arbre et l'homme, pleins de sève,
Se pâment longuement sous l'ardeur des climats ;
Fortes tresses, soyez la houle qui m'enlève !
Tu contiens, mer d'ébène, un éblouissant rêve
De voiles, de rameurs, de flammes et de mâts :

Un port retentissant où mon âme peut boire
À grands flots le parfum, le son et la couleur ;
Où les vaisseaux, glissant dans l'or et dans la moire,
Ouvrent leurs vastes bras pour embrasser la gloire
D'un ciel pur où frémit l'éternelle chaleur.

Je plongerai ma tête amoureuse d'ivresse
Dans ce noir océan où l'autre est enfermé ;
Et mon esprit subtil que le roulis caresse
Saura vous retrouver, ô féconde paresse,
Infinis bercements du loisir embaumé !

▲ Charles Baudelaire, *Dessin de Jeanne Duval avec une inscription pour Paul Chenavard*, XIXe siècle, stylo et encre sur papier.

Cheveux bleus, pavillon de ténèbres tendues,
Vous me rendez l'azur du ciel immense et rond ;
Sur les bords duvetés de vos mèches tordues
Je m'enivre ardemment des senteurs confondues
De l'huile de coco, du musc et du goudron.

Longtemps ! toujours ! ma main dans ta crinière lourde
Sèmera le rubis, la perle et le saphir,
Afin qu'à mon désir tu ne sois jamais sourde !
N'es-tu pas l'oasis où je rêve, et la gourde
Où je hume à longs traits le vin du souvenir ?

La Chevelure, dans *Les Fleurs du mal*, 1857.

Ophélie par Arthur Rimbaud

Le 24 mai 1870, Arthur Rimbaud joint ce poème à une lettre adressée à Banville. Comme beaucoup de ses contemporains, il a succombé au charme littéraire d'Ophélie, personnage de fiction créé par Shakespeare dans sa tragédie Hamlet*. En effet, Ophélie est un personnage « à la mode » au XIX*e *siècle, qui inspire des drames, des œuvres musicales et de nombreux tableaux d'un érotisme morbide. Fille de Polonius, chambellan du roi, elle était aimée d'Hamlet, qui la traite cruellement depuis qu'il simule la folie pour démasquer l'assassin de son propre père. La jeune femme sombre dans la folie et meurt noyée, accident ou suicide, lorsque Hamlet tue Polonius. Pour Rimbaud, elle semble être un pur fantasme littéraire, au même titre que le fameux « Dormeur du val », avec lequel elle partage nombre de traits : un être jeune, évoqué dans la mort en présence d'une nature compassionnelle, une allégorie d'innocence martyrisée. Elle incarne la vierge dans sa perfection, à la fois fille et ange, dont la pureté ne peut supporter la moindre flétrissure et ne retrouve sa perfection que dans la mort. Dans le poème de Rimbaud, si son « image » de vierge noyée reste conforme à la tradition picturale, elle se charge de significations qui dépassent le personnage de la tragédie. Les très nombreuses notations sonores présentes dans chaque strophe du poème renvoient à une allégorie de la poésie même, paradoxale dans son incapacité à répondre au « chant de la Nature » : « Ophélia » est comme une image prémonitoire de son propre adieu à la poésie.*

Ophélie

I

Sur l'onde calme et noire où dorment les étoiles
La blanche Ophélia flotte comme un grand lys,
Flotte très lentement, couchée en ses longs voiles...
– On entend dans les bois lointains des hallalis.
Voici plus de mille ans que la triste Ophélie
Passe, fantôme blanc, sur le long fleuve noir
Voici plus de mille ans que sa douce folie
Murmure sa romance à la brise du soir
Le vent baise ses seins et déploie en corolle
Ses grands voiles bercés mollement par les eaux ;
Les saules frissonnants pleurent sur son épaule,

▲ Alexandre Cabanel, *Ophélie*, 1883, huile sur toile.

Sur son grand front rêveur s'inclinent les roseaux.
Les nénuphars froissés soupirent autour d'elle ;
Elle éveille parfois, dans un aune qui dort,
Quelque nid, d'où s'échappe un petit frisson d'aile :
– Un chant mystérieux tombe des astres d'or.

II

Ô pâle Ophélia ! belle comme la neige !
Oui tu mourus, enfant, par un fleuve emporté !
C'est que les vents tombant des grands monts de Norvège
T'avaient parlé tout bas de l'âpre liberté ;
C'est qu'un souffle, tordant ta grande chevelure,
À ton esprit rêveur portait d'étranges bruits,
Que ton cœur écoutait le chant de la Nature
Dans les plaintes de l'arbre et les soupirs des nuits ;
C'est que la voix des mers folles, immense râle,
Brisait ton sein d'enfant, trop humain et trop doux ;
C'est qu'un matin d'avril, un beau cavalier pâle,
Un pauvre fou, s'assit muet à tes genoux !
Ciel ! Amour ! Liberté ! Quel rêve, ô pauvre Folle !
Tu te fondais à lui comme une neige au feu :
Tes grandes visions étranglaient ta parole
– Et l'Infini terrible effara ton œil bleu !

III

– Et le Poète dit qu'aux rayons des étoiles
Tu viens chercher, la nuit, les fleurs que tu cueillis ;
Et qu'il a vu sur l'eau, couchée en ses longs voiles,
La blanche Ophélia flotter, comme un grand lys.

Ophélie, dans *Poésies*, 1895.

Lou par Guillaume Apollinaire

Guillaume Apollinaire rencontre Louise de Coligny-Châtillon à Nice, en septembre 1914. Polonais de naissance, Français d'adoption depuis 1887 et ardent patriote, il est venu s'engager. Amoureux fou de celle qu'il surnomme Lou, il sera son éphémère amant durant quelques semaines, avant son incorporation et son départ pour le front en avril 1915. Sa liaison avec Lou est donc brève mais particulièrement intense, marquée dès son début par la séparation. Les nombreuses lettres qu'il lui écrit sont accompagnées de poèmes, réunis en recueil et publiés pour la première fois par Louise en 1947. Le thème constant en est l'amour éperdu qu'il voue à sa muse du moment. Ainsi ce Je t'adore mon Lou, *écrit alors qu'il fait ses classes à Nîmes, où il exprime une vision panthéiste de son amante, à qui tout ce qui l'entoure le ramène. Le voisinage d'élans lyriques traditionnels de la poésie amoureuse et d'images inattendues annonce le surréalisme : comparaisons cocasses, allusions sexuelles, jeu humoristique avec le vocabulaire militaire, juxtaposition du quotidien banal et de l'envol sentimental. Voilà qui fait de Lou, qui ne fut pourtant qu'une étoile filante dans le ciel tourmenté du poète soldat, une figure de muse exemplaire de notre poésie.*

▲ Guillaume Apollinaire, *Calligramme à Lou*, 1915, calligramme.

Je t'adore mon Lou

Je t'adore mon Lou et par moi tout t'adore
Les chevaux que je vois s'ébrouer aux abords
L'appareil des monuments latins qui me contemplent
Les artilleurs vigoureux qui dans leur caserne rentrent
Le soleil qui descend lentement devant moi
Les fantassins bleu pâle qui partent pour le front pensent à toi
Car ô ma chevelue de feu tu es la torche
Qui m'éclaire ce monde et flamme tu es ma force
Dans le ciel les nuages
Figurent ton image
Le mistral en passant
Emporte mes paroles
Tu en perçois le sens
C'est vers toi qu'elles volent
Tout le jour nos regards
Vont des Alpes au Gard
Du Gard à la Marine
Et quand le jour décline
Quand le sommeil nous prend
Dans nos lits différents
Nos songes nous rapprochent
Objets dans la même poche
Et nous vivons confondus
Dans le même rêve éperdu
Mes songes te ressemblent
Les branches remuées ce sont tes yeux qui tremblent
Et je te vois partout toi si belle et si tendre
Les clous de mes souliers brillent comme tes yeux

La vulve des juments est rose comme la tienne
Et nos armes graissées c'est comme quand tu me veux
Ô douceur de ma vie c'est comme quand tu m'aimes
L'hiver est doux le ciel est bleu
Refais-me le refais-me le
Toi ma chère permission
Ma consigne ma faction
Ton amour est mon uniforme
Tes doux baisers sont les boutons
Ils brillent comme l'or et l'ornent
Et tes bras si roses si longs
Sont les plus galants des galons
Un monsieur près de moi mange une glace blanche
Je songe au goût de ta chair et je songe à tes hanches
À gauche lit son journal une jeune dame blonde
Je songe à tes lettres où sont pour moi toutes les nouvelles du monde
Il passe des marins la mer meurt à tes pieds
Je regarde ta photo tu es l'univers entier
J'allume une allumette et vois ta chevelure
Tu es pour moi la vie cependant qu'elle dure
Et tu es l'avenir et mon éternité
Toi mon amour unique et la seule beauté

Je t'adore mon Lou, dans *Poèmes à Lou*, 1947 (posth.).

Cendrillon par Charles Perrault

Cendrillon est un des personnages les plus connus de la littérature universelle des contes de fées. On connaît plus de cent versions de ses touchantes aventures, dont les plus lues sont celles de Perrault au XVII*e siècle et des frères Grimm au* XIX*e. Cendrillon est un sobriquet attribué par les méchantes filles de sa marâtre – qui l'appellent aussi Cucendron – à une enfant « d'une douceur et d'une bonté sans exemple », qui cache à son père les persécutions dont elle est victime. Dans la* Cendrillon *de Charles Perrault, parue dans les* Histoires ou contes du temps passé, *la pantoufle de verre est le* deus ex machina *qui conduit à l'heureux dénouement. L'histoire est connue de tous : exclue du bal de la cour, Cendrillon reçoit l'aide de sa marraine, une fée dont la baguette magique lui procure carrosse attelé, cocher, laquais, parure somptueuse et les fameuses pantoufles de verre. Mais c'est bien dans ses guenilles quotidiennes qu'elle sera reconnue comme l'unique propriétaire de la pantoufle perdue. Le triomphe que la pauvre jeune fille remporte finalement sur ses sœurs parées d'artifices, en épousant le fils du roi grâce aux seuls atouts de sa grâce et de sa beauté, illustre bien le thème cher à Perrault et à tout le siècle classique de la prééminence incontestable du naturel.*

Il était une fois un gentilhomme qui épousa, en secondes noces, une femme, la plus hautaine et la plus fière qu'on eût jamais vue. Elle avait deux filles de son humeur, et qui lui ressemblaient en toutes choses. Le mari avait, de son côté, une jeune fille, mais d'une douceur et d'une bonté sans exemple : elle tenait cela de sa mère, qui était la meilleure personne du monde.

Les noces ne furent pas plus tôt faites que la belle-mère fit éclater sa mauvaise humeur : elle ne put souffrir les bonnes qualités de cette jeune enfant, qui rendaient ses filles encore plus haïssables. Elle la chargea des plus viles occupations de la maison : c'était elle qui nettoyait la vaisselle et les montées, qui frottait la chambre de madame et celles

Konstantin Lekomtsev, *Portrait d'une ouvrière*, XXe siècle, huile sur toile. ▶

de mesdemoiselles ses filles ; elle couchait tout au haut de la maison, dans un grenier, sur une méchante paillasse, pendant que ses sœurs étaient dans des chambres parquetées où elles avaient des lits des plus à la mode, et des miroirs où elles se voyaient depuis les pieds jusqu'à la tête. La pauvre fille souffrait tout avec patience et n'osait s'en plaindre à son père, qui l'aurait grondée, parce que sa femme le gouvernait entièrement.

Lorsqu'elle avait fait son ouvrage, elle s'allait mettre au coin de la cheminée, et s'asseoir dans les cendres, ce qui faisait qu'on l'appelait communément dans le logis Cendrillon. Cependant Cendrillon, avec ses méchants habits, ne laissait pas d'être cent fois plus digne que ses sœurs, quoique vêtues très magnifiquement.

Il arriva que le fils du roi donna un bal et qu'il en pria toutes les personnes de qualité. Nos deux demoiselles en furent aussi priées, car elles faisaient grande figure dans le pays. Les voilà bien aises et bien occupées à choisir les habits et les coiffures qui leur siéraient le mieux. Nouvelle peine pour Cendrillon, car c'était elle qui repassait le linge de ses sœurs et qui godronnait leurs manchettes. On ne parlait que de la manière dont on s'habillerait.

« Moi, dit l'aînée, je mettrai mon habit de velours rouge et ma garniture d'Angleterre.

– Moi, dit la cadette, je n'aurai que ma jupe ordinaire ; mais, en récompense, je mettrai mon manteau à fleurs d'or et ma barrière de diamants, qui n'est pas des plus indifférentes. »

On envoya quérir la bonne coiffeuse pour dresser les cornettes à deux rangs, et on fit acheter des mouches de la bonne faiseuse.

Elles appelèrent Cendrillon pour lui demander son avis, car elle avait le goût bon. Cendrillon les conseilla le mieux du monde, et s'offrit même à les coiffer ; ce qu'elles voulurent bien. En les coiffant, elles lui disaient : « Cendrillon, serais-tu bien aise d'aller au bal ?

– Hélas ! mesdemoiselles, vous vous moquez de moi ; ce n'est pas là ce qu'il me faut.

– Tu as raison, on rirait bien, si on voyait un Cendrillon aller au bal. »

Une autre que Cendrillon les aurait coiffées de travers ; mais elle était bonne, et elle les coiffa parfaitement bien.

Elles furent près de deux jours sans manger, tant elles étaient transportées de joie. On rompit plus de douze lacets, à force de les serrer pour leur rendre la taille plus menue, et elles étaient toujours devant le miroir. Enfin l'heureux jour arriva ; on partit, et Cendrillon les suivit des yeux, le plus longtemps qu'elle put.

Lorsqu'elle ne les vit plus, elle se mit à pleurer. Sa marraine, qui la vit tout en pleurs, lui demanda ce qu'elle avait, « Je voudrais bien... je voudrais bien... » Elle pleurait si fort qu'elle ne put achever. Sa marraine, qui était fée, lui dit : « Tu voudrais bien aller au bal, n'est-ce pas ?

– Hélas ! oui, dit Cendrillon en soupirant.

– Eh bien ! seras-tu bonne fille ? dit sa marraine, je t'y ferai aller. »

Elle la mena dans sa chambre, et lui dit : « Va dans le jardin, et apporte-moi une citrouille. »

Cendrillon alla aussitôt cueillir la plus belle qu'elle put trouver, et la porta à sa marraine, ne pouvant deviner comment cette citrouille la pourrait faire aller au bal. Sa marraine la creusa et, n'ayant laissé que l'écorce, la frappa de sa baguette, et la citrouille fut aussitôt changée en un beau carrosse tout doré.

Quand les deux sœurs revinrent du bal, Cendrillon leur demanda si elles s'étaient encore bien diverties, et si la belle dame y avait été ; elles lui dirent que oui, mais qu'elle s'était enfuie, lorsque minuit avait sonné, et si promptement qu'elle avait laissé tomber une de ses petites pantoufles de verre, la plus jolie du monde ; que le fils du roi l'avait ramassée, et qu'assurément il était fort désireux de connaître la personne à qui appartenait la petite pantoufle.

Elles dirent vrai ; car, peu de jours après, le fils du roi fit publier, à son de trompe, qu'il épouserait celle dont le pied serait bien juste à la pantoufle. On commença à l'essayer aux princesses, ensuite aux duchesses et à toute la cour, mais inutilement. On l'apporta chez les deux sœurs, qui firent tout leur possible pour faire entrer leur pied dans la pantoufle, mais elles ne purent en venir à bout. Cendrillon, qui les regardait, et qui reconnut sa pantoufle, dit en riant : « Que je voie si elle ne me serait pas bonne ! » Ses sœurs se mirent à rire et à se moquer d'elle. Le gentilhomme qui faisait l'essai de la pantoufle, ayant regardé attentivement Cendrillon, dit que cela était très juste, et qu'il avait l'ordre de l'essayer à toutes les filles. Il fit asseoir Cendrillon, et, approchant la pantoufle de son petit pied, il vit qu'il y entrait sans peine, et qu'elle y était juste comme de cire. L'étonnement des deux sœurs fut grand, mais plus grand encore quand Cendrillon tira de sa poche l'autre petite pantoufle, qu'elle mit à son pied. Là-dessus arriva la marraine, qui, ayant donné un coup de baguette sur les habits de Cendrillon, les fit devenir encore plus magnifiques que tous les autres.

Cendrillon ou la Petite Pantoufle de verre, 1697.

Perrette par Jean de La Fontaine

Il aurait bien tort, le mari de Perrette, s'il s'avisait de la battre pour avoir gâché son lait ! Comment en vouloir à cette laitière, que l'on imagine forcément jeune et jolie, qui s'est si bien préparée pour aller à la ville ? Sa silhouette est croquée en quelques vers, légers à son image. Coussinet sur la tête, pour la stabilité, cotillon simple, souliers plats, pour l'aisance de la marche : n'a-t-elle pas délaissé toute coquetterie pour mener à bien son entreprise ? C'est qu'elle a de la tête, cette Perrette, son plan l'atteste, elle sait calculer et n'entend pas ménager sa peine. C'est justement l'excès d'enthousiasme qui cause sa ruine, quand par mimétisme elle saute à côté du veau qu'elle voit en rêve. Bienheureux mari qui a une épouse si industrieuse ! On ne fera pas ici au bon La Fontaine un procès en misogynie. Car sa fable ne dénonce pas un défaut qui serait typiquement féminin, mais une tendance proprement humaine à se laisser emporter par les attraits du « songe », dont il glisse au passage un éloge, puisqu'après tout, lui qui était un grand rêveur sait bien qu'« il n'est rien de plus doux ».

La laitière et le pot au lait

Perrette, sur sa tête ayant un pot au lait
Bien posé sur un coussinet,
Prétendait arriver sans encombre à la ville.
Légère et court vêtue elle allait à grands pas,
Ayant mis ce jour-là, pour être plus agile,
Cotillon simple, et souliers plats.
Notre Laitière ainsi troussée
Comptait déjà dans sa pensée
Tout le prix de son lait, en employait l'argent ;
Achetait un cent d'œufs, faisait triple couvée :
La chose allait à bien par son soin diligent.
« Il m'est, disait-elle, facile
D'élever des poulets autour de ma maison ;
Le renard sera bien habile,
S'il ne m'en laisse assez pour avoir un cochon.
Le porc à s'engraisser coûtera peu de son ;
Il était, quand je l'eus, de grosseur raisonnable ;
J'aurai, le revendant, de l'argent bel et bon.

Et qui m'empêchera de mettre en notre étable,
Vu le prix dont il est, une vache et son veau,
Que je verrai sauter au milieu du troupeau ? »
Perrette là-dessus saute aussi, transportée :
Le lait tombe ; adieu veau, vache, cochon, couvée ;
La dame de ces biens, quittant d'un œil marri
Sa fortune ainsi répandue,
Va s'excuser à son mari,
En grand danger d'être battue.
Le récit en farce en fut fait ;
On l'appela le Pot au lait.

Quel esprit ne bat la campagne ?
Qui ne fait châteaux en Espagne ?
Picrochole, Pyrrhus, la Laitière, enfin tous,
Autant les sages que les fous ?
Chacun songe en veillant ; il n'est rien de plus doux :
Une flatteuse erreur emporte alors nos âmes ;
Tout le bien du monde est à nous,
Tous les honneurs, toutes les femmes.
Quand je suis seul, je fais au plus brave un défi ;
Je m'écarte, je vais détrôner le Sophi ;
On m'élit Roi, mon peuple m'aime ;
Les diadèmes vont sur ma tête pleuvant :
Quelque accident fait-il que je rentre en moi-même,
Je suis Gros-Jean comme devant.

Fables (VII, 10), 1678.

◀ Jean-Baptiste Huet, *La Laitière*, 1769, huile sur toile.

Les femmes fatales

Madame de Merteuil par Pierre Choderlos de Laclos

Mme de Merteuil est un personnage du roman épistolaire Les Liaisons dangereuses, de Choderlos de Laclos, dont l'action se situe au XVIIIe siècle, dans un milieu aristocratique. Mme de Merteuil, jeune veuve libertine sous un masque honorable, et Valmont, séducteur invétéré, sont les complices des machinations dans lesquelles ils poursuivent l'une, la vengeance contre Gercourt, un amant qui l'a quittée, l'autre des victoires d'orgueil sur la Vertu. Valmont devra séduire la vertueuse présidente de Tourvel et, pour complaire à la marquise de Merteuil, pervertir l'innocente Cécile, promise en mariage à Gercourt. L'intrigue progresse au fil des lettres que s'échangent d'un côté les « prédateurs », Merteuil et Valmont, de l'autre les « victimes » et leurs proches. La force de Mme de Merteuil est d'avoir su transformer sa féminité en instrument de sa volonté. Elle n'est pas libertine par amoralisme, mais seulement pour échapper à la condition d'objet que les hommes réservaient encore aux femmes. D'instinct, elle a compris que le seul moyen d'échapper à cette position inférieure, était de cultiver sa conscience, et elle a réussi, au prix d'un patient travail, à lui donner le plus puissant éclat. Malfaisante sans rechercher le mal en lui-même, elle est fascinante par ce pouvoir de créer son propre personnage, à la fois « auteur » et « comédien » dans le rôle qu'elle s'est assigné sur la scène de ce qu'elle nomme « le grand théâtre ».

Lettre LXXXI
La marquise de Merteuil au vicomte de Valmont

Que vos craintes me causent de pitié ! Combien elles me prouvent ma supériorité sur vous ! Et vous voulez m'enseigner, me conduire ! Ah ! mon pauvre Valmont, quelle distance il y a encore de vous à moi ! Non, tout l'orgueil de votre sexe ne suffirait pas pour remplir l'intervalle qui nous sépare. Parce que vous ne pourriez exécuter mes projets, vous les jugez impossibles ! Être orgueilleux et faible, il te sied bien de vouloir calculer mes moyens et juger de mes ressources ! Au vrai, Vicomte, vos conseils m'ont donné de l'humeur, et je ne puis vous le cacher.

Que pour masquer votre incroyable gaucherie auprès de votre présidente, vous m'étaliez comme un triomphe d'avoir déconcerté un moment cette femme timide et qui vous aime, j'y consens ; d'en avoir obtenu un regard, un seul regard, je souris et vous le passe. Que sentant, malgré vous, le peu de valeur de votre conduite, vous espériez la dérober à mon attention, en me flattant de l'effort sublime de rapprocher deux enfants qui, tous deux, brûlent de se voir, et qui, soit dit en passant, doivent à moi seule l'ardeur de ce désir ; je le veux bien encore. Qu'enfin vous vous autorisiez de ces actions d'éclat, pour me dire d'un ton doctoral, qu'il vaut mieux employer son temps à exécuter ses projets qu'à les raconter ; cette vanité ne me nuit pas, et je la pardonne. Mais que vous puissiez croire que j'ai besoin de votre prudence, que je m'égarerais en ne déférant pas à vos avis, que je dois leur sacrifier un plaisir, une fantaisie ! En vérité, vicomte, c'est aussi vous trop enorgueillir de la confiance que je veux bien avoir en vous !

Et qu'avez-vous donc fait, que je n'aie surpassé mille fois ? Vous avez séduit, perdu même beaucoup de femmes : mais quelles difficultés avez-vous eues à vaincre ? quels obstacles à surmonter ? Où est là le mérite qui soit véritablement à vous ? Une belle figure, pur effet du hasard ; des grâces, que l'usage donne presque toujours ; de l'esprit à la vérité, mais auquel du jargon suppléerait au besoin ; une impudence assez louable, mais peut-être uniquement due à la facilité de vos premiers succès ; si je ne me trompe,

◄ Jean Raoux, *Jeune fille au collier de perles*, XVIIIe siècle, huile sur toile.

voilà tous vos moyens : car pour la célébrité que vous avez pu acquérir, vous n'exigerez pas, je crois, que je compte pour beaucoup l'art de faire naître ou de saisir l'occasion d'un scandale.

Ma mère comptait que j'entrerais au couvent, ou reviendrais vivre avec elle. Je refusai l'un et l'autre parti ; et tout ce que j'accordai à la décence, fut de retourner dans cette même campagne, où il me restait bien encore quelques observations à faire.

Je les fortifiai par le secours de la lecture ; mais ne croyez pas qu'elle fût toute du genre que vous supposez. J'étudiai nos mœurs dans les romans ; nos opinions dans les philosophes ; je cherchai même dans les moralistes les plus sévères ce qu'ils exigeaient de nous, et je m'assurai ainsi de ce qu'on pouvait faire, de ce qu'on devait penser, et de ce qu'il fallait paraître. Une fois fixée sur ces trois objets, le dernier seul présentait quelques difficultés dans son exécution ; j'espérai les vaincre, et j'en méditai les moyens.

Je commençais à m'ennuyer de mes plaisirs rustiques, trop peu variés pour ma tête active ; je sentais un besoin de coquetterie qui me raccommoda avec l'amour ; non pour le ressentir à la vérité, mais pour l'inspirer et le feindre. En vain m'avait-on dit, et avais-je lu qu'on ne pouvait feindre ce sentiment ; je voyais pourtant que, pour y parvenir, il suffisait de joindre à l'esprit d'un auteur, le talent d'un comédien. Je m'exerçai dans les deux genres, et peut-être avec quelque succès : mais au lieu de rechercher les vains applaudissements du théâtre, je résolus d'employer à mon bonheur ce que tant d'autres sacrifiaient à la vanité.

Un an se passa dans ces occupations différentes. Mon deuil me permettant alors de reparaître, je revins à la ville avec mes grands projets ; je ne m'attendais pas au premier obstacle que j'y rencontrai.

Cette longue solitude, cette austère retraite, avaient jeté sur moi un vernis de pruderie qui effrayait nos plus agréables : ils se tenaient à l'écart, et me laissaient livrée à une foule d'ennuyeux, qui tous prétendaient à ma main. L'embarras n'était pas de les refuser ; mais plusieurs de ces refus déplaisaient à ma famille, et je passais dans ces tracasseries intérieures le temps dont je m'étais promis un si charmant usage. Je fus donc obligée, pour rappeler les uns et éloigner les autres, d'afficher quelques inconséquences, et d'employer à nuire à ma réputation le soin que je comptais mettre à la conserver. Je réussis facilement, comme vous pouvez croire. Mais n'étant emportée par aucune passion, je ne fis que ce que je jugeai nécessaire, et mesurai avec prudence les doses de mon étourderie.

Dès que j'eus touché le but que je voulais atteindre, je revins sur mes pas et fis honneur de mon amendement à quelques-unes de ces femmes, qui, dans l'impuissance d'avoir des prétentions à l'agrément, se rejettent sur celles du mérite et de la vertu. Ce fut un coup de partie qui me valut plus que je n'avais espéré. Ces reconnaissantes duègnes s'établirent mes apologistes ; et leur zèle aveugle pour ce qu'elles appelaient leur ouvrage, fut porté au point qu'au moindre propos qu'on se permettait sur moi, tout le parti prude criait au scandale et à l'injure. Le même moyen me valut encore le suffrage de nos femmes à prétentions, qui, persuadées que je renonçais à courir la même carrière qu'elles, me choisirent pour l'objet de leurs éloges, toutes les fois qu'elles voulaient prouver qu'elles ne médisaient pas de tout le monde.

Cependant ma conduite précédente avait ramené les amants ; et pour me ménager entre eux et mes fidèles protectrices, je me montrai comme une femme sensible, mais difficile, à qui l'excès de sa délicatesse fournissait des armes contre l'amour.

Alors je commençai à déployer sur le grand théâtre les talents que je m'étais donnés. Mon premier soin fut d'acquérir le renom d'invincible. Pour y parvenir, les hommes qui ne me plaisaient point furent toujours les seuls dont j'eus l'air d'accepter les hommages. Je les employais utilement à me procurer les honneurs de la résistance, tandis que je me livrais sans crainte à l'amant préféré. Mais, celui-là, ma feinte timidité ne lui a jamais permis de me suivre dans le monde ; et les regards du cercle ont été, ainsi, toujours fixés sur l'amant malheureux.

Les Liaisons dangereuses, 1782.

Colomba par Prosper Mérimée

Colomba della Rebbia est l'héroïne d'une nouvelle de Prosper Mérimée qui, après Mateo Falcone, *évoque les mœurs corses. Au début du* XIX*e* *siècle, dans le village de Pietranera, Colomba cherche à venger son père assassiné en déclenchant une « vendetta » contre la famille Barricini. Son frère Orso, qui était en garnison sur le continent pendant le drame, est de retour en Corse en compagnie de deux Anglais, le colonel Nevil, avec lequel il a noué une amitié d'anciens soldats, et sa fille Lydia. Orso est brave mais respectueux de la loi, et il n'envisage pas de se lancer dans la vendetta. Colomba utilisera un stratagème cruel en mutilant le cheval d'Orso pour susciter la colère de son frère contre les ennemis de la famille et, espère-t-elle, accomplir enfin la vengeance exigée par l'honneur. Mais c'est l'attaque en traître des fils Barricini qui conclut la vendetta car Orso, excellent tireur, bien que blessé, abat ses deux assaillants. Dans l'extrait reproduit ci-dessous, Colomba est venue retrouver à Ajaccio, dans l'auberge où il séjourne avec ses amis, ce frère qu'elle n'a pas vu depuis de longues années. Sous le regard attentif de miss Nevil, elle apparaît comme une jeune beauté endeuillée, à l'expression à la fois fière et triste. Elle ne sort de sa réserve qu'en examinant les armes de chasse du colonel, parmi lesquelles celui-ci lui offre d'en choisir une pour son frère. Colomba est une des figures féminines les plus fortes de notre littérature romanesque. Elle incarne l'âme du peuple corse telle que la voit l'observateur très averti qu'est Mérimée. Primitive, cruelle, impérieuse quand elle se fait l'instrument de la fatalité vengeresse, elle demeure cependant profondément innocente. Cette innocence transparaît dans sa tendresse pour son frère et pour miss Nevil, accueillie comme une sœur, et dans le fait surtout qu'une fois la vengeance accomplie, elle redevient une jeune fille coquette, curieuse des découvertes du voyage et des premiers émois amoureux.*

Le lendemain, un peu avant le retour des chasseurs, miss Nevil, revenant d'une promenade au bord de la mer, regagnait l'auberge avec sa femme de chambre, lorsqu'elle remarqua une jeune femme vêtue de noir, montée sur un cheval de petite taille, mais vigoureux, qui entrait dans la ville. Elle était suivie d'une espèce de paysan, à cheval aussi, en veste de drap brun trouée aux coudes, une gourde en bandoulière, un pistolet pendant à la ceinture ; à la main, un fusil, dont la crosse reposait dans une poche de cuir attachée à l'arçon de la selle ; bref, en costume complet de brigand de mélodrame ou de bourgeois corse en voyage. La beauté remarquable de la femme attira d'abord l'attention de miss Nevil. Elle paraissait avoir une vingtaine d'années. Elle était grande, blanche, les yeux bleu foncé, la bouche rose, les dents comme de l'émail. Dans son expression on lisait à la fois l'orgueil, l'inquiétude et la tristesse. Sur la tête, elle portait ce voile de soie noire nommé *mezzaro*, que les Génois ont introduit en Corse, et qui sied si bien aux femmes. De longues nattes de cheveux châtains lui formaient comme un turban autour de la tête. Son costume était propre, mais de la plus grande simplicité.

Miss Nevil eut tout le temps de la considérer, car la dame au *mezzaro* s'était arrêtée dans la rue à questionner quelqu'un avec beaucoup d'intérêt, comme il semblait à l'expression de ses yeux ; puis, sur la réponse qui lui fut faite, elle donna un coup de houssine à sa monture, et, prenant le grand trot, ne s'arrêta qu'à la porte de l'hôtel où logeaient sir Thomas Nevil et Orso. Là, après avoir échangé quelques mots avec l'hôte, la jeune femme sauta lestement à bas de son cheval et s'assit sur un banc de pierre à côté de la porte d'entrée, tandis que son écuyer conduisait les chevaux à l'écurie. Miss Lydia passa avec son costume parisien devant l'étrangère sans qu'elle levât les yeux. Un quart d'heure après, ouvrant sa fenêtre, elle vit encore la dame au *mezzaro* assise à la même place et dans la même attitude. Bientôt parurent le colonel et Orso, revenant de la chasse. Alors l'hôte dit quelques mots à la demoiselle en deuil et lui désigna du doigt le jeune della Rebbia. Celle-ci rougit, se leva avec vivacité, fit quelques pas en avant, puis s'arrêta immobile et comme interdite.

Orso était tout près d'elle, la considérant avec curiosité.

« Vous êtes, dit-elle d'une voix émue, Orso Antonio della Rebbia ? Moi, je suis Colomba.

– Colomba ! s'écria Orso. »

Et, la prenant dans ses bras, il l'embrassa tendrement, ce qui étonna un peu le colonel et sa fille, car en Angleterre on ne s'embrasse pas dans la rue.

« Mon frère, dit Colomba, vous me pardonnerez si je suis venue sans votre ordre ; mais j'ai appris par nos amis que vous étiez arrivé, et c'était pour moi une si grande consolation de vous voir… »

Orso l'embrassa encore ; puis, se tournant vers le colonel : « C'est ma sœur, dit-il, que je n'aurais jamais reconnue si elle ne s'était nommée. – Colomba, le colonel sir Thomas Nevil. – Colonel, vous voudrez bien m'excuser, mais je ne pourrai avoir l'honneur de dîner avec vous aujourd'hui… Ma sœur…

– Eh ! où diable voulez-vous dîner, mon cher ? s'écria le colonel ; vous savez bien qu'il n'y a qu'un dîner dans cette maudite auberge, et il est pour nous. Mademoiselle fera grand plaisir à ma fille de se joindre à nous. »

Colomba regarda son frère, qui ne se fit pas trop prier, et tous ensemble entrèrent dans la plus grande pièce de l'auberge, qui servait au colonel de salon et de salle à manger. Mlle della Rebbia, présentée à miss Nevil, lui fit une profonde révérence, mais ne dit pas une parole. On voyait qu'elle était très effarouchée et que, pour la première fois de sa vie peut-être, elle se trouvait en présence d'étrangers gens du monde. Cependant dans ses manières il n'y avait rien qui sentît la province. Chez elle, l'étrangeté sauvait la gaucherie. Elle plut à miss Nevil par cela même ; et comme il n'y avait pas de chambre disponible dans l'hôtel que le colonel et sa suite avaient envahi, miss Lydia poussa la condescendance ou la curiosité jusqu'à offrir à Mlle della Rebbia de lui faire dresser un lit dans sa propre chambre.

Colomba balbutia quelques mots de remerciement et s'empressa de suivre la femme de chambre de miss Nevil pour faire à sa toilette les petits arrangements que rend nécessaires un voyage à cheval par la poussière et le soleil.

En rentrant dans le salon, elle s'arrêta devant les fusils du colonel, que les chasseurs venaient de déposer dans un coin.

« Les belles armes ! dit-elle ; sont-elles à vous ?

– Non, ce sont des fusils anglais au colonel. Ils sont aussi bons qu'ils sont beaux.

– Je voudrais bien, dit Colomba, que vous en eussiez un semblable.

– Il y en a certainement un dans ces trois-là qui appartient à della Rebbia, s'écria le colonel. Il s'en sert trop bien. Aujourd'hui quatorze coups de fusil, quatorze pièces ! »

Aussitôt s'établit un combat de générosité, dans lequel Orso fut vaincu, à la grande satisfaction de sa sœur, comme il était facile de s'en apercevoir à l'expression de joie enfantine qui brilla tout d'un coup sur son visage, tout à l'heure si sérieux.

« Choisissez, mon cher, disait le colonel. »

Orso refusait.

« Eh bien ! Mademoiselle votre sœur choisira pour vous. »

Colomba ne se le fit pas dire deux fois : elle prit le moins orné des fusils, mais c'était un excellent Manton de gros calibre.

« Celui-ci, dit-elle, doit bien porter la balle. »

Colomba, 1840.

◀ Anselm Friedrich Feuerbach, *Portrait de Nanna*, 1861, huile sur toile.

Carmen par Prosper Mérimée

Carmen est l'héroïne éponyme d'une nouvelle de Prosper Mérimée parue en 1845, rendue mondialement célèbre par l'opéra-comique de Georges Bizet créé en 1875. Le cadre est l'Espagne du XIXe siècle. À Cordoue, le narrateur de la nouvelle, un archéologue français en voyage d'étude, rencontre dans sa prison Don José, un ancien brigadier des dragons devenu brigand, qui lui raconte sa liaison fatale avec Carmen, une bohémienne à la beauté scandaleuse. Vive et provocante, tour à tour douce et cruelle, fidèle et débauchée, elle ne connaît d'autre maître que son caprice, qui ne dure jamais longtemps. Également à l'aise dans le luxe et dans la misère, elle considère le monde comme un vaste bazar où il lui faut voler le plus possible, afin de pouvoir dépenser sans compter en multipliant les plaisirs. Sa seule loi est celle de son clan, et celui qui n'en est pas peut être dépouillé ou tué sans scrupule. Amoureuse, elle peut se dévouer à son amant, oublier égoïsme et plaisir, par un mouvement qui est obéissance à son propre code de l'honneur. Mais sa valeur suprême est la liberté, qui lui fait préférer à la fuite la mort, donnée de la main même de l'amant qu'elle n'aime plus. La première partie de l'extrait reproduit ici est un portrait fait par le narrateur primaire de la nouvelle, qui laisse transparaître, au-delà d'une admiration manifeste, un regard d'anthropologue sensible aux caractéristiques ethniques du personnage. La seconde partie appartient au récit fait par Don José dans sa prison. Le condamné évoque sa rencontre avec Carmen. Devant la manufacture de tabac où elle travaille, il occupe son temps de garde à fabriquer une chaîne avec du fil de laiton quand la belle cigarière vient, pour son malheur futur, le provoquer.

Je doute fort que mademoiselle Carmen fût de race pure, du moins elle était infiniment plus jolie que toutes les femmes de sa nation que j'aie jamais rencontrées. Pour qu'une femme soit belle, il faut, disent les Espagnols, qu'elle réunisse trente si, ou, si l'on veut, qu'on puisse la définir au moyen de dix adjectifs applicables chacun à trois parties de sa personne. Par exemple, elle doit avoir trois choses noires : les yeux, les paupières et les sourcils ; trois fines, les doigts, les lèvres, les cheveux, etc. Voyez Brantôme pour le reste. Ma bohémienne ne pouvait prétendre à tant de perfections. Sa peau, d'ailleurs parfaitement unie, approchait fort de la teinte du cuivre. Ses yeux étaient obliques, mais admirablement fendus ; ses lèvres un peu fortes, mais bien dessinées et laissant voir des dents plus blanches que les amandes sans leur peau. Ses cheveux, peut-être un peu gros, étaient noirs, à reflets bleus comme l'aile d'un corbeau, longs et luisants. Pour ne pas vous fatiguer d'une description trop prolixe, je vous dirai en somme qu'à chaque défaut elle réunissait une qualité qui ressortait peut-être plus fortement par le contraste. C'était une beauté étrange et sauvage, une figure qui étonnait d'abord, mais qu'on ne pouvait oublier. Ses yeux surtout avaient une expression à la fois voluptueuse et farouche que je n'ai trouvée depuis à aucun regard humain. Œil de bohémien, œil de loup, c'est un dicton espagnol qui dénote une bonne observation. Si vous n'avez pas le temps d'aller au Jardin des Plantes pour étudier le regard d'un loup, considérez votre chat quand il guette un moineau.

C'était un vendredi, et je ne l'oublierai jamais. Je vis cette Carmen que vous connaissez, chez qui je vous ai rencontré il y a quelques mois.

Elle avait un jupon rouge fort court qui laissait voir des bas de soie blancs avec plus d'un trou, et des souliers mignons de maroquin rouge attachés avec des rubans couleur de feu. Elle écartait sa mantille afin de montrer ses épaules et un gros bouquet de cassie qui sortait de sa chemise. Elle avait encore une fleur de cassie dans le coin de la bouche, et elle s'avançait en se balançant sur ses hanches comme une pouliche du haras de Cordoue. Dans mon pays, une femme en ce costume aurait obligé le monde à se signer. À Séville, chacun lui adressait quelque compliment gaillard sur sa tournure ; elle répondait à chacun, faisant les yeux en coulisse, le poing sur la hanche, effrontée comme

René Bull, *Carmen*, XXe siècle, lithographie couleur. ▶

une vraie bohémienne qu'elle était. D'abord elle ne me plut pas, et je repris mon ouvrage ; mais elle, suivant l'usage des femmes et des chats qui ne viennent pas quand on les appelle et qui viennent quand on ne les appelle pas, s'arrêta devant moi et m'adressa la parole : « Compère, me dit-elle à la façon andalouse, veux-tu me donner ta chaîne pour tenir les clefs de mon coffre-fort ?

– C'est pour attacher mon épinglette, lui répondis-je.

– Ton épinglette ! s'écria-t-elle en riant. Ah ! monsieur fait de la dentelle, puisqu'il a besoin d'épingles ! Tout le monde qui était là se mit à rire, et moi je me sentais rougir, et je ne pouvais trouver rien à lui répondre.

– Allons, mon cœur, reprit-elle, fais-moi sept aunes de dentelle noire pour une mantille, épinglier de mon âme ! »

Et prenant la fleur de cassie qu'elle avait à la bouche, elle me la lança, d'un mouvement du pouce, juste entre les deux yeux. Monsieur, cela me fit l'effet d'une balle qui m'arrivait... Je ne savais où me fourrer, je demeurais immobile comme une planche. Quand elle fut entrée dans la manufacture, je vis la fleur de cassie qui était tombée à terre entre mes pieds ; je ne sais ce qui me prit, mais je la ramassai sans que mes camarades s'en aperçussent et je la mis précieusement dans ma veste. Première sottise !

Carmen, 1845.

Nana par Émile Zola

Héroïne du neuvième volume de la suite romanesque des Rougon-Macquart, *Anna Coupeau, dite Nana, est la fille de Gervaise, la blanchisseuse de* L'Assommoir, *dont elle porte l'hérédité alcoolique. Sans talent, elle a pourtant au théâtre un grand succès qu'elle doit à son physique sensuel et à ses attitudes provocantes. Les hommes sont fous d'elle et ses liaisons vénales sont multiples : un banquier véreux, un comédien brutal, un capitaine qui volera pour elle ; le comte Muffat enfin, chambellan de l'Empereur, que Nana se plaît à humilier, lui imposant la complaisance pour ses autres liaisons. Installée dans un luxueux hôtel, elle vit un temps dans un faste ostentatoire puis connaît une déchéance rapide : accablée de dettes, atteinte de la variole noire, elle subit une agonie atroce le jour du déclenchement de la guerre de 1870. Avec la mine de* Germinal *et le cabaret de* L'Assommoir, *elle est l'avatar humain de la Bête monstrueuse, chère à Zola, dévoreuse d'hommes et d'âmes. Symbole sexuel, elle est aussi un symbole social : elle porte en elle cette pourriture morale qui fermente dans le peuple, dont elle va corrompre la haute société du Second Empire finissant. Elle semble une force de la nature, dont elle a la puissance dévastatrice, qui vient troubler la tranquillité égoïste des classes riches, annonçant la catastrophe qui, dans la vision zolienne de l'histoire, finira par s'abattre sur ce monde corrompu. Dans le chapitre Ier, Nana apparaît sur la scène du théâtre des Variétés dans le rôle d'une Vénus d'opérette, dénuée de tout talent, à la voix aussi fausse que le jeu, sous les yeux fascinés des « viveurs » parisiens, dont nombre d'entre eux seront par la suite ses amants. Son corps, qu'elle expose aux regards, son attitude, dans une scène de séduction qu'elle semble vivre réellement, suscitent le désir des hommes au point qu'elle semble faire l'amour avec la salle.*

Édouard Manet, *Nana*, 1877, huile sur toile. ▶

On frappait les trois coups, des ouvreuses s'entêtaient à rendre les vêtements, chargées de pelisses et de paletots, au milieu du monde qui rentrait. La claque applaudit le décor, une grotte du mont Etna, creusée dans une mine d'argent, et dont les flancs avaient l'éclat des écus neufs ; au fond, la forge de Vulcain mettait un coucher d'astre. Diane, dès la seconde scène, s'entendait avec le dieu, qui devait feindre un voyage pour laisser la place libre à Vénus et à Mars. Puis, à peine Diane se trouvait-elle seule, que Vénus arrivait. Un frisson remua la salle. Nana était nue. Elle était nue avec une tranquille audace, certaine de la toute-puissance de sa chair. Une simple gaze l'enveloppait ; ses épaules rondes, sa gorge d'amazone dont les pointes roses se tenaient levées et rigides comme des lances, ses larges hanches qui roulaient dans un balancement voluptueux, ses cuisses de blonde grasse, tout son corps se devinait, se voyait sous le tissu léger, d'une blancheur d'écume. C'était Vénus naissant des flots, n'ayant pour voile que ses cheveux. Et, lorsque Nana levait les bras, on apercevait, aux feux de la rampe, les poils d'or de ses aisselles. Il n'y eut pas d'applaudissements. Personne ne riait plus, les faces des hommes, sérieuses, se tendaient, avec le nez aminci, la bouche irritée et sans salive. Un vent semblait avoir passé, très doux, chargé d'une sourde menace. Tout d'un coup, dans la bonne enfant, la femme se dressait, inquiétante, apportant le coup de folie de son sexe, ouvrant l'inconnu du désir. Nana souriait toujours, mais d'un sourire aigu de mangeuse d'hommes.

« Fichtre ! dit simplement Fauchery à La Faloise. »

Mars, cependant, accourait au rendez-vous, avec son plumet, et se trouvait entre les deux déesses. Il y avait là une scène que Prullière joua finement ; caressé par Diane qui voulait tenter sur lui un dernier effort avant de le livrer à Vulcain, cajolé par Vénus que la présence de sa rivale stimulait, il s'abandonnait à ces douceurs, d'un air béat de coq en pâte. Puis, un grand trio terminait la scène ; et ce fut alors qu'une ouvreuse parut dans la loge de Lucy Stewart, et jeta deux énormes bouquets de lilas blanc. On applaudit, Nana et Rose Mignon saluèrent, pendant que Prullière ramassait les bouquets. Une partie de l'orchestre se tourna en souriant vers la baignoire occupée par Steiner et Mignon. Le banquier, le sang au visage, avait de petits mouvements convulsifs du menton, comme s'il eût éprouvé un embarras dans la gorge.

Ce qui suivit acheva d'empoigner la salle. Diane s'en était allée, furieuse. Tout de suite, assise sur un banc de mousse, Vénus appela Mars auprès d'elle. Jamais encore on n'avait osé une scène de séduction plus chaude. Nana, les bras au cou de Prullière, l'attirait, lorsque Fontan, se livrant à une mimique de fureur cocasse, exagérant le masque d'un époux outragé qui surprend sa femme en flagrant délit, parut dans le fond de la grotte. Il tenait le fameux filet aux mailles de fer. Un instant, il le balança, pareil à un pêcheur qui va jeter un coup d'épervier ; et, par un truc ingénieux, Vénus et Mars furent pris au piège, le filet les enveloppa, les immobilisa dans leur posture d'amants heureux.

Un murmure grandit, comme un soupir qui se gonflait. Quelques mains battirent, toutes les jumelles étaient fixées sur Vénus. Peu à peu, Nana avait pris possession du public, et maintenant chaque homme la subissait. Le rut qui montait d'elle, ainsi que d'une bête en folie, s'était épandu toujours davantage, emplissant la salle. À cette heure, ses moindres mouvements soufflaient le désir, elle retournait la chair d'un geste de son petit doigt. Des dos s'arrondissaient, vibrant comme si des archets invisibles se fussent promenés sur les muscles, des nuques montraient des poils follets qui s'envolaient sous des haleines tièdes et errantes, venues on ne savait de quelle bouche de femme. Fauchery voyait devant lui l'échappé de collège que la passion soulevait de son fauteuil. Il eut la curiosité de regarder le comte de Vandeuvres, très pâle, les lèvres pincées, le gros Steiner, dont la face apoplectique crevait, Labordette lorgnant d'un air étonné de maquignon qui admire une jument parfaite, Daguenet dont les oreilles saignaient et remuaient de jouissance. Puis, un instinct lui fit jeter un coup d'œil en arrière, et il resta étonné de ce qu'il aperçut dans la loge des Muffat : derrière la comtesse, blanche et sérieuse, le comte se haussait, béant, la face marbrée de taches rouges ; tandis que, près de lui, dans l'ombre, les yeux troubles du marquis de Chouard étaient devenus deux yeux de chat, phosphorescents, pailletés d'or. On suffoquait, les chevelures s'alourdissaient sur les têtes en sueur. Depuis trois heures qu'on était là, les haleines avaient chauffé l'air d'une odeur humaine. Dans le flamboiement du gaz, les poussières en suspension s'épaississaient, immobiles au-dessus du lustre. La salle entière vacillait, glissait à un vertige, lasse et excitée, prise de ces désirs ensommeillés de minuit qui balbutient au fond des alcôves. Et Nana, en face de ce public pâmé, de ces quinze cents personnes entassées, noyées dans l'affaissement et le détraquement nerveux d'une fin de spectacle, restait victorieuse avec sa chair de marbre, son sexe assez fort pour détruire tout ce monde et n'en être pas entamé.

Nana, 1879.

Les femmes martyres

Virginie par Jacques-Henri Bernardin de Saint-Pierre

Le roman de Bernardin de Saint-Pierre, Paul et Virginie, *paru en 1787, a connu un succès prodigieux, entretenu par d'innombrables rééditions et adaptations théâtrales. Les deux personnages éponymes sont les enfants de deux femmes qu'un destin contraire a laissées seules sur l'île de France, actuelle île Maurice. Virginie est la fille de Mme de la Tour. Son enfance se passe dans une sorte de paradis où elle puise, grâce au perpétuel contact avec la nature, une définitive innocence que ne viennent troubler ni « sciences inutiles », ni leçons de « triste morale », ni religion effrayante. Élevée aux côtés de Paul, elle a d'abord en lui un frère avec lequel partager les émois et les jeux. Quand les années transforment sa tendresse en amour, elle rêve de l'épouser, rêve chaste puisqu'elle demeure « douce, modeste et confiante comme Ève ». Ses journées sont employées aux soins de la maison et aux bonnes œuvres. L'obligation d'abandonner son île pour aller rejoindre, en France, une grand-tante qui désire lui léguer sa fortune, la désespère. L'instruction, un titre de comtesse, le luxe des parures, rien n'atténue la douleur de la séparation et quand on veut la marier, elle préfère être déshéritée et rejoindre son paradis insulaire, faisant le choix de la Nature et de l'Amour contre la Culture et le rang social. Le bateau qui la ramène touche au port quand un brusque ouragan le brise sur les récifs, sous les yeux de Paul qui ne réussit pas à la sauver de la noyade. Ainsi s'achève tragiquement la vie d'un personnage qui semble une illustration des thèses sur l'éducation de Rousseau dans l'*Émile*, *dans une tonalité pathétique qui annonce les futures effusions romantiques.*

Lorsqu'ils surent parler, les premiers noms qu'ils apprirent à se donner furent ceux de frère et de sœur. L'enfance, qui connaît des caresses plus tendres, ne connaît point de plus doux noms. Leur éducation ne fit que redoubler leur amitié en la dirigeant vers leurs besoins réciproques. Bientôt tout ce qui regarde l'économie, la propreté, le soin de préparer un repas champêtre, fut du ressort de Virginie, et ses travaux étaient toujours suivis des louanges et des baisers de son frère. Pour lui, sans cesse en action, il bêchait le jardin avec Domingue, ou, une petite hache à la main, il le suivait dans les bois ; et si dans ces courses une belle fleur, un bon fruit, ou un nid d'oiseaux se présentaient à lui, eussent-ils été au haut d'un arbre, il l'escaladait pour les apporter à sa sœur.

Quand on en rencontrait un quelque part, on était sûr que l'autre n'était pas loin. Un jour que je descendais du sommet de cette montagne, j'aperçus à l'extrémité du jardin Virginie qui accourait vers la maison, la tête couverte de son jupon qu'elle avait relevé par-derrière, pour se mettre à l'abri d'une ondée de pluie. De loin je la crus seule ; et m'étant avancé vers elle pour l'aider à marcher, je vis qu'elle tenait Paul par le bras, enveloppé presque en entier de la même couverture, riant l'un et l'autre d'être ensemble à l'abri sous un parapluie de leur invention. Ces deux têtes charmantes renfermées sous ce jupon bouffant me rappelèrent les enfants de Léda enclos dans la même coquille.

Toute leur étude était de se complaire et de s'entraider. Au reste, ils étaient ignorants comme des Créoles, et ne savaient ni lire ni écrire. Ils ne s'inquiétaient pas de ce qui s'était passé dans des temps reculés et loin d'eux ; leur curiosité ne s'étendait pas au-delà de cette montagne. Ils croyaient que le monde finissait où finissait leur île ; et ils n'imaginaient rien d'aimable où ils n'étaient pas. Leur affection mutuelle et celle de leurs mères occupaient toute l'activité de leurs âmes. Jamais des sciences inutiles n'avaient fait couler leurs larmes ; jamais les leçons d'une triste morale ne les avaient remplis d'ennui.

◄ Anonyme, *Paul et Virginie*, XIXe siècle, huile sur toile.

Ils ne savaient pas qu'il ne faut pas dérober, tout chez eux étant commun ; ni être intempérant, ayant à discrétion des mets simples ; ni menteur, n'ayant aucune vérité à dissimuler. On ne les avait jamais effrayés en leur disant que Dieu réserve des punitions terribles aux enfants ingrats ; chez eux l'amitié filiale était née de l'amitié maternelle. On ne leur avait appris de la religion que ce qui la fait aimer ; et s'ils n'offraient pas à l'église de longues prières, partout où ils étaient, dans la maison, dans les champs, dans les bois, ils levaient vers le ciel des mains innocentes et un cœur plein de l'amour de leurs parents.

Ainsi se passa leur première enfance comme une belle aube qui annonce un plus beau jour. Déjà ils partageaient avec leurs mères tous les soins du ménage. Dès que le chant du coq annonçait le retour de l'aurore, Virginie se levait, allait puiser de l'eau à la source voisine, et rentrait dans la maison pour préparer le déjeuner. Bientôt après, quand le soleil dorait les pitons de cette enceinte, Marguerite et son fils se rendaient chez Mme de la Tour : alors ils commençaient tous ensemble une prière, suivie du premier repas ; souvent ils le prenaient devant la porte, assis sur l'herbe sous un berceau de bananiers, qui leur fournissait à la fois des mets tout préparés dans leurs fruits substantiels, et du linge de table dans leurs feuilles larges, longues, et lustrées. Une nourriture saine et abondante développait rapidement les corps de ces deux jeunes gens, et une éducation douce peignait dans leur physionomie la pureté et le contentement de leur âme. Virginie n'avait que douze ans ; déjà sa taille était plus qu'à demi formée ; de grands cheveux blonds ombrageaient sa tête ; ses yeux bleus et ses lèvres de corail brillaient du plus tendre éclat sur la fraîcheur de son visage : ils souriaient toujours de concert quand elle parlait ; mais quand elle gardait le silence, leur obliquité naturelle vers le ciel leur donnait une expression d'une sensibilité extrême, et même celle d'une légère mélancolie. Pour Paul, on voyait déjà se développer en lui le caractère d'un homme au milieu des grâces de l'adolescence. Sa taille était plus élevée que celle de Virginie, son teint plus rembruni, son nez plus aquilin, et ses yeux, qui étaient noirs, auraient eu un peu de fierté, si les longs cils qui rayonnaient autour comme des pinceaux ne leur avaient donné la plus grande douceur. Quoiqu'il fût toujours en mouvement, dès que sa sœur paraissait il devenait tranquille et allait s'asseoir auprès d'elle. Souvent leur repas se passait sans qu'ils se dissent un mot. À leur silence, à la naïveté de leurs attitudes, à la beauté de leurs pieds nus, on eût cru voir un groupe antique de marbre blanc représentant quelques-uns des enfants de Niobé ; mais à leurs regards qui cherchaient à se rencontrer, à leurs sourires rendus par de plus doux sourires, on les eût pris pour ces enfants du ciel, pour ces esprits bienheureux dont la nature est de s'aimer, et qui n'ont pas besoin de rendre le sentiment par des pensées, et l'amitié par des paroles.

Cependant Mme de la Tour, voyant sa fille se développer avec tant de charmes, sentait augmenter son inquiétude avec sa tendresse. Elle me disait quelquefois : « Si je venais à mourir, que deviendrait Virginie sans fortune ? »

Paul et Virginie, 1787.

Justine par Donatien Alphonse François de Sade

Justine est l'héroïne des écrits de Sade – dont il existe trois versions progressivement augmentées d'épisodes de plus en plus scabreux – qui incarne la « vertu ». Par les « infortunes » ou les « malheurs » qui l'accablent, la jeune fille innocente et pieuse est censée illustrer, sinon démontrer, que l'humanité est sans secours divin et donc sans juge suprême. Juliette, sa sœur, comtesse de Lorsange, incarne l'autre face de cette « philosophie » sadienne : prostituée volontaire, voleuse, criminelle, tout lui réussit, elle obtient jouissance et richesse, le « vice » assure ses « prospérités ». L'acmé de sa carrière n'est rien de moins que la mort provoquée de sa sœur, exposée à la foudre. Justine, qui a subi une succession invraisemblable d'avanies, viols, supplices, crimes donnés en spectacle, est pourtant restée l'incarnation de la vertu. Sa mort ferait d'elle une martyre chrétienne, si elle n'était pas une figure argumentative dans les délires romanesques d'un philosophe pour qui athéisme et amoralisme sont indissociables, proposition illustrée et répétée à l'infini dans une œuvre qui est la part d'ombre du siècle des Lumières.

Mme la comtesse de Lorsange était une de ces prêtresses de Vénus dont la fortune est l'ouvrage d'une jolie figure et de beaucoup d'inconduite, et dont les titres, quelque pompeux qu'ils soient, ne se trouvent que dans les archives de Cythère, forgés par l'impertinence qui les prend, et soutenus par la sotte crédulité qui les donne : brune, une belle taille, des yeux d'une singulière expression ; cette incrédulité de mode, qui, prêtant un sel de plus aux passions, fait rechercher avec plus de soin les femmes en qui on la soupçonne ; un peu méchante, aucun principe, ne croyant de mal à rien, et cependant pas assez de dépravation dans le cœur pour en avoir éteint la sensibilité ; orgueilleuse, libertine : telle était Mme de Lorsange.

Cette femme avait reçu néanmoins la meilleure éducation : fille d'un très gros banquier de Paris, elle avait été élevée avec une sœur nommée Justine, plus jeune qu'elle de trois ans, dans une des plus célèbres abbayes de cette capitale, où jusqu'à l'âge de douze et de quinze ans, aucun conseil, aucun maître, aucun livre, aucun talent n'avaient été refusés ni à l'une ni à l'autre de ces deux sœurs.

À cette époque fatale pour la vertu de deux jeunes filles, tout leur manqua dans un seul jour : une banqueroute affreuse précipita leur père dans une situation si cruelle, qu'il en périt de chagrin. Sa femme le suivit un mois après au tombeau. Deux parents froids et éloignés délibérèrent sur ce qu'ils feraient des jeunes orphelines ; leur part d'une succession absorbée par les créances se montait à cent écus pour chacune. Personne ne se souciant de s'en charger, on leur ouvrit la porte du couvent, on leur remit leur dot, les laissant libres de devenir ce qu'elles voudraient.

Mme de Lorsange, qui se nommait pour lors Juliette, et dont le caractère et l'esprit étaient, à fort peu de chose près, aussi formés qu'à trente ans, âge qu'elle atteignait lors de l'histoire que nous allons raconter, ne parut sensible qu'au plaisir d'être libre, sans réfléchir un instant aux cruels revers qui brisaient ses chaînes. Pour Justine, âgée, comme nous l'avons dit, de douze ans, elle était d'un caractère sombre et mélancolique, qui lui fit bien mieux sentir toute l'horreur de sa situation. Douée d'une tendresse, d'une sensibilité surprenante, au lieu de l'art et de la finesse de sa sœur, elle n'avait qu'une ingénuité, une candeur qui devaient la faire tomber dans bien des pièges. Cette jeune fille, à tant de qualités, joignait une physionomie douce, absolument différente de celle dont la nature avait embelli Juliette ; autant on voyait d'artifice, de manège, de coquetterie dans les traits de l'une, autant on admirait de pudeur, de décence et de timidité dans l'autre ; un air de vierge, de grands yeux bleus, pleins d'âme et d'intérêt, une peau éblouissante, une taille souple et flexible, un organe touchant, des dents d'ivoire et les plus beaux cheveux blonds, voilà l'esquisse de cette cadette charmante, dont les grâces naïves et les traits délicats sont au-dessus de nos pinceaux.

On leur donna vingt-quatre heures à l'une et à l'autre pour quitter le couvent, leur

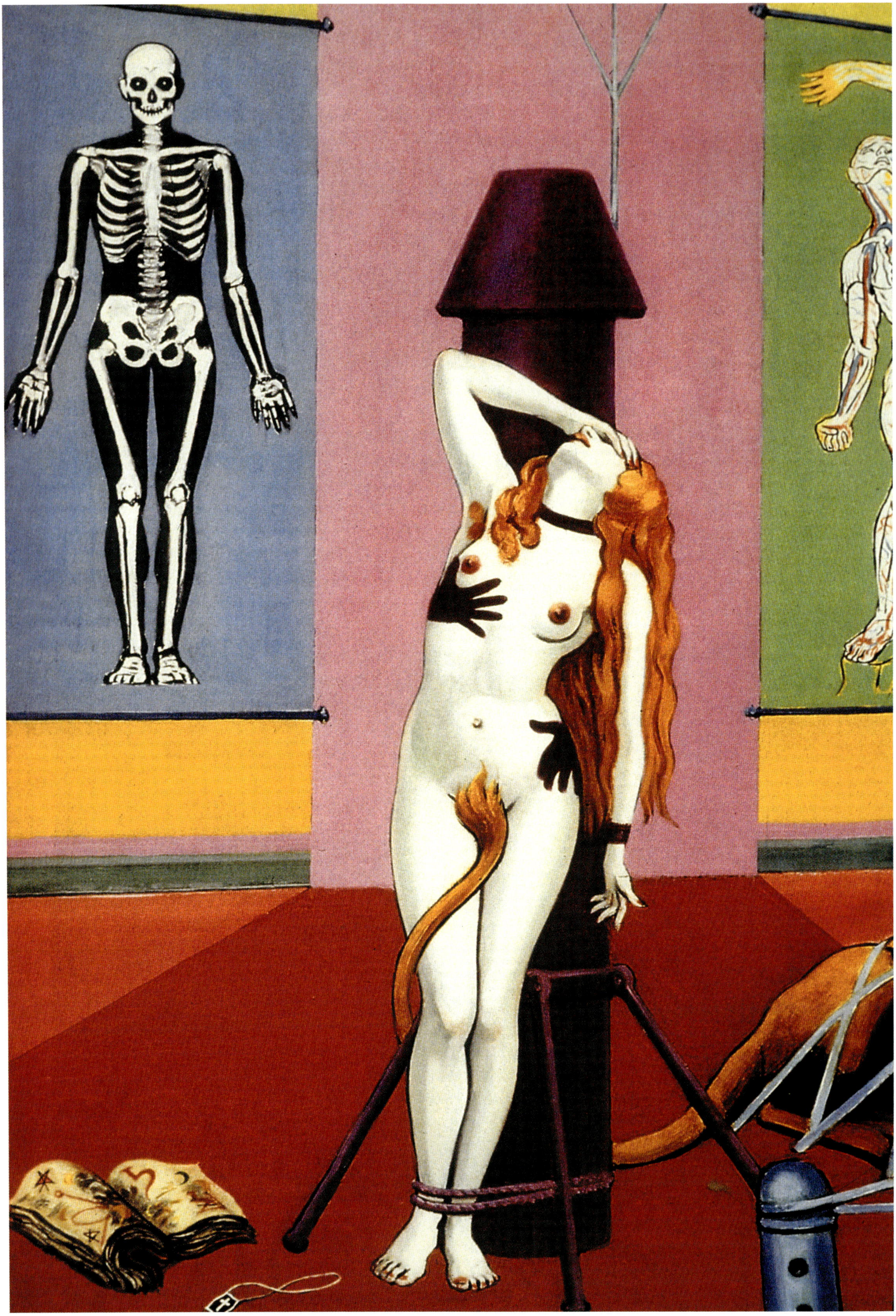

laissant le soin de se pourvoir, avec leurs cent écus, où bon leur semblerait. Juliette, enchantée d'être sa maîtresse, voulut un moment essuyer les pleurs de Justine, puis voyant qu'elle n'y réussirait pas, elle se mit à la gronder au lieu de la consoler ; elle lui reprocha sa sensibilité ; elle lui dit, avec une philosophie très au-dessus de son âge, qu'il ne fallait s'affliger dans ce monde-ci que de ce qui nous affectait personnellement ; qu'il était possible de trouver en soi-même des sensations physiques d'une assez piquante volupté pour éteindre toutes les affections morales dont le choc pourrait être douloureux ; que ce procédé devenait d'autant plus essentiel à mettre en usage que la véritable sagesse consistait infiniment plus à doubler la somme de ses plaisirs qu'à multiplier celle de ses peines ; qu'il n'y avait rien, en un mot, qu'on ne dût faire pour émousser dans soi cette perfide sensibilité, dont il n'y avait que les autres qui profitassent, tandis qu'elle ne nous apportait que des chagrins. Mais on endurcit difficilement un bon cœur, il résiste aux raisonnements d'une mauvaise tête, et ses jouissances le consolent des faux brillants du bel esprit.

Juliette, employant d'autres ressources, dit alors à sa sœur qu'avec l'âge et la figure qu'elles avaient l'une et l'autre, il était impossible qu'elles mourussent de faim. Elle lui cita la fille d'une de leurs voisines, qui, s'étant échappée de la maison paternelle, était aujourd'hui richement entretenue et bien plus heureuse, sans doute, que si elle fût restée dans le sein de sa famille ; qu'il fallait bien se garder de croire que ce fût le mariage qui rendît une jeune fille heureuse ; que captive sous les lois de l'hymen, elle avait, avec beaucoup d'humeur à souffrir, une très légère dose de plaisirs à attendre ; au lieu que, livrées au libertinage, elles pourraient toujours se garantir de l'humeur des amants, ou s'en consoler par leur nombre.

Justine eut horreur de ces discours ; elle dit qu'elle préférait la mort à l'ignominie, et quelques nouvelles instances que lui fît sa sœur, elle refusa constamment de loger avec elle dès qu'elle la vit déterminée à une conduite qui la faisait frémir.

Les deux jeunes filles se séparèrent donc, sans aucune promesse de se revoir, dès que leurs intentions se trouvaient si différentes. Juliette qui allait, prétendait-elle, devenir une grande dame, consentirait-elle à recevoir une petite fille dont les inclinations vertueuses mais basses seraient capables de la déshonorer ? Et de son côté, Justine voudrait-elle risquer ses mœurs dans la société d'une créature perverse qui allait devenir victime de la crapule et de la débauche publique ? Toutes deux se firent donc un éternel adieu, et toutes deux quittèrent le couvent dès le lendemain.

Justine ou les Malheurs de la vertu, 1791.

◄ Clovis Trouille, *Justine par le marquis de Sade*, détail, XXe siècle, lithographie couleur.

Esmeralda par Victor Hugo

Esmeralda est la figure féminine centrale du roman historique de Victor Hugo, Notre-Dame de Paris, *dont l'action se situe à la fin du* XV*e siècle. C'est une bohémienne de seize ans, qui court les rues avec sa petite chèvre Djali et chante, danse, fait des tours dont s'ébahit la foule des badauds. Sa beauté juvénile, sa grâce de saltimbanque, l'exotisme de sa peau dorée suscitent le désir de tous les hommes qui la croisent : le poète Gringoire, qui la suit dans la nuit parisienne jusque dans la cour des Miracles ; l'archidiacre Frollo, prêt à se damner pour la posséder, qui tente de l'enlever ; le beau capitaine de la garde Phoebus de Châteaupers, seul à faire battre son cœur, mais qui ne veut que s'en amuser. Esmeralda est pure, innocente, espiègle mais surtout elle a bon cœur. Aussi prend-elle Gringoire pour mari, à la seule fin de le sauver de la pendaison par ses amis truands. Aussi a-t-elle pitié du pauvre Quasimodo, le carillonneur de la cathédrale, fouetté sur la place pour le crime de son maître, et le geste de lui donner à boire lui vaut l'amour absolu et la dévotion totale du monstre sublime. Les péripéties du roman, par bien des traits « gothique », conduisent l'innocente au gibet : elle est accusée du meurtre de Phoebus, commis par Frollo, et soumise à la question. Quasimodo retarde un temps son exécution en la cachant dans la cathédrale mais ne réussit finalement pas à la sauver. Du moins la rejoint-il dans l'éternité de l'ossuaire de Montfaucon en se laissant mourir auprès de son corps martyrisé. Dans l'extrait ci-dessous, Esmeralda apparaît à travers le regard du poète Gringoire qui l'observe dans sa chambre.*

Au bout de quelques instants, notre poète se trouva dans une petite chambre voûtée en ogive, bien close, bien chaude, assis devant une table qui ne paraissait pas demander mieux que de faire quelques emprunts à un garde-manger suspendu tout auprès, ayant un bon lit en perspective, et tête à tête avec une jolie fille. L'aventure tenait de l'enchantement. Il commençait à se prendre sérieusement pour un personnage de conte de fées ; de temps en temps il jetait les yeux autour de lui comme pour chercher si le char de feu attelé de deux chimères ailées, qui avait seul pu le transporter si rapidement du tartare au paradis, était encore là. Par moments aussi il attachait obstinément son regard aux trous de son pourpoint, afin de se cramponner à la réalité et de ne pas perdre terre tout à fait. Sa raison, ballottée dans les espaces imaginaires, ne tenait plus qu'à ce fil.

La jeune fille ne paraissait faire aucune attention à lui ; elle allait, venait, dérangeait quelque escabelle, causait avec sa chèvre, faisait sa moue çà et là. Enfin elle vint s'asseoir près de la table, et Gringoire put la considérer à l'aise.

Vous avez été enfant, lecteur, et vous êtes peut-être assez heureux pour l'être encore. Il n'est pas que vous n'ayez plus d'une fois (et pour mon compte j'y ai passé des journées entières, les mieux employées de ma vie) suivi de broussaille en broussaille, au bord d'une eau vive, par un jour de soleil, quelque belle demoiselle verte ou bleue, brisant son vol à angles brusques et baisant le bout de toutes les branches. Vous vous rappelez avec quelle curiosité amoureuse votre pensée et votre regard s'attachaient à ce petit tourbillon sifflant et bourdonnant, d'ailes de pourpre et d'azur, au milieu duquel flottait une forme insaisissable voilée par la rapidité même de son mouvement. L'être aérien qui se dessinait confusément à travers ce frémissement d'ailes vous paraissait chimérique, imaginaire, impossible à toucher, impossible à voir. Mais lorsqu'enfin la demoiselle se reposait à la pointe d'un roseau et que vous pouviez examiner, en retenant votre souffle, les longues ailes de gaze, la longue robe d'émail, les deux globes de cristal, quel étonnement n'éprouviez-vous pas et quelle peur de voir de nouveau la forme s'en aller en ombre et l'être en chimère ! Rappelez-vous ces impressions, et vous vous rendrez aisément compte de ce que ressentait Gringoire en contemplant sous sa forme visible et palpable cette Esmeralda qu'il n'avait entrevue jusque-là qu'à travers un tourbillon de danse, de chant et de tumulte.

Charles Auguste Steuben, *Esmeralda*, 1839, huile sur toile. ▶

Enfoncé de plus en plus dans sa rêverie, « Voilà donc, se disait-il en la suivant vaguement des yeux, ce que c'est que la Esmeralda ? Une céleste créature ! Une danseuse des rues ! Tant et si peu ! C'est elle qui a donné le coup de grâce à mon mystère ce matin, c'est elle qui me sauve la vie ce soir. Mon mauvais génie ! Mon bon ange ! Une jolie femme, sur ma parole ! Et qui doit m'aimer à la folie pour m'avoir pris de la sorte. »

« À propos, dit-il en se levant tout à coup avec ce sentiment du vrai qui faisait le fond de son caractère et de sa philosophie, je ne sais trop comment cela se fait, mais je suis son mari ! »

Cette idée en tête et dans les yeux, il s'approcha de la jeune fille d'une façon si militaire et si galante qu'elle recula.

« Que me voulez-vous donc ? dit-elle.

– Pouvez-vous me le demander, adorable Esmeralda ? répondit Gringoire avec un accent si passionné qu'il en était étonné lui-même en s'entendant parler. »

L'Égyptienne ouvrit ses grands yeux.

« Je ne sais pas ce que vous voulez dire.

– Eh quoi ! reprit Gringoire, s'échauffant de plus en plus, et songeant qu'il n'avait affaire après tout qu'à une vertu de la cour des Miracles, ne suis-je pas à toi, douce amie ? N'es-tu pas à moi ? »

Et, tout ingénument, il lui prit la taille.

Le corsage de la bohémienne glissa dans ses mains comme la robe d'une anguille. Elle sauta d'un bond à l'autre bout de la cellule, se baissa, et se redressa, avec un petit poignard à la main, avant que Gringoire eût eu seulement le temps de voir d'où ce poignard sortait ; irritée et fière, les lèvres gonflées, les narines ouvertes, les joues rouges comme une pomme d'api, les prunelles rayonnantes d'éclairs. En même temps, la chevrette blanche se plaça devant elle, et présenta à Gringoire un front de bataille, hérissé de deux cornes jolies, dorées et fort pointues. Tout cela se fit en un clin d'œil.

La demoiselle se faisait guêpe et ne demandait pas mieux que de piquer.

Notre philosophe resta interdit, promenant tour à tour de la chèvre à la jeune fille des regards hébétés.

« Sainte Vierge ! dit-il enfin quand la surprise lui permit de parler, voilà deux luronnes ! »

La bohémienne rompit le silence de son côté.

« Il faut que tu sois un drôle bien hardi !

– Pardon, mademoiselle, dit Gringoire en souriant. Mais pourquoi donc m'avez-vous pris pour mari ?

– Fallait-il te laisser pendre ? »

Notre-Dame de Paris, 1831.

Fantine par Victor Hugo

Fantine est le titre du premier des cinq volumes qui constituent Les Misérables. *Le nom est celui d'une jeune ouvrière qui mène joyeuse vie en compagnie de trois amies et des quatre jeunes bourgeois leurs amants. Une partie de campagne de l'été 1817 qui les réunit « quatre à quatre » est l'occasion pour l'auteur de peindre d'elle un portrait très flatteur. Car Fantine est belle de la tête aux pieds, belle de face et de profil, élégante avec un rien sur le dos, cette fille du peuple est un modèle à l'antique digne des plus talentueux sculpteurs. De plus, elle a un maintien de déesse dans ses heures sérieuses ; elle est l'image même de l'innocence, de la chasteté. Mais elle va devenir l'icône du malheur féminin, de la femme martyrisée dans sa chair et dans son cœur. Son jeune amant Tholomyès l'abandonne enceinte. L'enfant, Cosette, est confiée à un couple d'aubergistes véreux, les Thénardier. Fantine doit payer les frais d'une maladie inventée par ceux-ci. Elle vend ses cheveux, ses dents, tombe dans la prostitution. Elle meurt enfin, rachetant sa vie ignominieuse par la splendeur de son amour maternel, et elle éprouve la suprême consolation de pouvoir confier son enfant à un homme de cœur, Jean Valjean.*

Quant à Fantine, c'était la joie. Ses dents splendides avaient évidemment reçu de Dieu une fonction, le rire. Elle portait à sa main plus volontiers que sur sa tête son petit chapeau de paille cousue, aux longues brides blanches. Ses épais cheveux blonds, enclins à flotter et facilement dénoués et qu'il fallait rattacher sans cesse, semblaient faits pour la fuite de Galatée sous les saules. Ses lèvres roses babillaient avec enchantement. Les coins de sa bouche voluptueusement relevés, comme aux mascarons antiques d'Érigone, avaient l'air d'encourager les audaces ; mais ses longs cils pleins d'ombre s'abaissaient discrètement sur ce brouhaha du bas du visage comme pour mettre le holà. Toute sa toilette avait on ne sait quoi de chantant et de flambant. Elle avait une robe de barège mauve, de petits souliers-cothurnes mordorés dont les rubans traçaient des X sur son fin bas blanc à jour, et cette espèce de spencer en mousseline, invention marseillaise, dont le nom, *canezou*, corruption du mot *quinze août* prononcé à la Canebière, signifie beau temps, chaleur et midi. Les trois autres, moins timides, nous l'avons dit, étaient décolletées tout net, ce qui, l'été, sous des chapeaux couverts de fleurs, a beaucoup de grâce et d'agacerie ; mais, à côté de ces ajustements hardis, le canezou de la blonde Fantine, avec ses transparences, ses indiscrétions et ses réticences, cachant et montrant à la fois, semblait une trouvaille provocante de la décence, et la fameuse cour d'amour, présidée par la vicomtesse de Cette aux yeux vert de mer, eût peut-être donné le prix de la coquetterie à ce canezou qui concourait pour la chasteté. Le plus naïf est quelquefois le plus savant. Cela arrive.

Éclatante de face, délicate de profil, les yeux d'un bleu profond, les paupières grasses, les pieds cambrés et petits, les poignets et les chevilles admirablement emboîtés, la peau blanche laissant voir çà et là les arborescences azurées des veines, la joue puérile et franche, le cou robuste des Junons éginétiques, la nuque forte et souple, les épaules modelées comme par Coustou, ayant au centre une voluptueuse fossette visible à travers la mousseline ; une gaîté glacée de rêverie ; sculpturale et exquise ; telle était Fantine ; et l'on devinait sous ces chiffons une statue, et dans cette statue une âme.

Fantine était belle, sans trop le savoir. Les rares songeurs, prêtres mystérieux du beau, qui confrontent silencieusement toute chose à la perfection, eussent entrevu en cette petite ouvrière, à travers la transparence de la grâce parisienne, l'antique euphonie sacrée. Cette fille de l'ombre avait de la race. Elle était belle sous les deux espèces, qui sont le style et le rythme. Le style est la forme de l'idéal ; le rythme en est le mouvement.

Nous avons dit que Fantine était la joie ; Fantine était aussi la pudeur.

Pour un observateur qui l'eût étudiée attentivement, ce qui se dégageait d'elle, à travers toute cette ivresse de l'âge, de la saison et de l'amourette, c'était une invincible expression de retenue et de modestie.

Elle restait un peu étonnée. Ce chaste étonnement-là est la nuance qui sépare Psyché de Vénus. Fantine avait les longs doigts blancs et fins de la vestale qui remue les cendres du feu sacré avec une épingle d'or. Quoiqu'elle n'eût rien refusé, on ne le verra que trop, à Tholomyès, son visage, au repos, était souverainement virginal ; une sorte de dignité sérieuse et presque austère l'envahissait soudainement à de certaines heures, et rien n'était singulier et troublant comme de voir la gaîté s'y éteindre si vite et le recueillement y succéder sans transition à l'épanouissement. Cette gravité subite, parfois sévèrement accentuée, ressemblait au dédain d'une déesse. Son front, son nez et son menton offraient cet équilibre de ligne, très distinct de l'équilibre de proportion, et d'où résulte l'harmonie du visage ; dans l'intervalle si caractéristique qui sépare la base du nez de la lèvre supérieure, elle avait ce pli imperceptible et charmant, signe mystérieux de la chasteté qui rendit Barberousse amoureux d'une Diane trouvée dans les fouilles d'Icône.

L'amour est une faute ; soit. Fantine était l'innocence surnageant sur la faute.

Les Misérables, 1862.

Félicité par Gustave Flaubert

Félicité est l'héroïne du conte Un cœur simple, *dont le titre est à lui seul le résumé parfait. Ironie de Flaubert que le choix de ce nom, car Félicité est l'antithèse de la femme heureuse. Fille du peuple, tôt orpheline, laissée sans instruction à garder les vaches, délaissée par un galant qui la trouve trop prude, elle n'a pas encore vingt ans quand elle semble avoir renoncé à vivre sa vie. Elle devient la servante modèle de Mme Aubain, jeune veuve fortunée et hautaine. Félicité se prend d'une véritable passion pour les deux enfants de sa patronne. Elle chérit Paul et Virginie comme s'ils étaient les siens, avec un dévouement qui atteint l'héroïsme, le jour où elle affronte un taureau furieux pour protéger la famille, au cours d'une promenade champêtre. Mais le malheur s'acharne sur elle. Son neveu Victor, un marin qu'elle se plaisait à choyer pendant ses visites dominicales, meurt au loin. Puis c'est la petite Virginie qui meurt dans sa pension de Rouen. Félicité n'a plus, pour toute consolation, que les offices à l'église, et pour tout compagnon qu'un perroquet, son cher Loulou qu'elle finit par aimer comme un être humain. Devenue sourde et à demi aveugle, son esprit confus finit par identifier l'oiseau qu'elle a fait empailler à la colombe du Saint-Esprit, auquel cette sainte laïque adresse ses prières. À la mort de sa maîtresse, on lui laisse, dans la maison qui tombe en ruine, une mansarde où une pneumonie l'emporte sur l'ultime vision, « dans les cieux entrouverts », d'un « perroquet gigantesque, planant au-dessus de sa tête ».*

Pendant un demi-siècle, les bourgeoises de Pont-l'Évêque envièrent à Mme Aubain sa servante Félicité.

Pour cent francs par an, elle faisait la cuisine et le ménage, cousait, lavait, repassait, savait brider un cheval, engraisser les volailles, battre le beurre, et resta fidèle à sa maîtresse, – qui cependant n'était pas une personne agréable.

Elle se levait dès l'aube, pour ne pas manquer la messe, et travaillait jusqu'au soir sans interruption ; puis le dîner étant fini, la vaisselle en ordre et la porte bien close, elle enfouissait la bûche sous les cendres et s'endormait devant l'âtre, son rosaire à la main. Personne, dans les marchandages, ne montrait plus d'entêtement. Quant à la propreté, le poli de ses casseroles faisait le désespoir des autres servantes. Économe, elle mangeait avec lenteur, et recueillait du doigt sur la table les miettes de son pain, – un pain de douze livres, cuit exprès pour elle, et qui durait vingt jours.

En toute saison elle portait un mouchoir d'indienne fixé dans le dos par une épingle, un bonnet lui cachant les cheveux, des bas gris, un jupon rouge, et par-dessus sa cami-

◄ Auguste Renoir, *La Chevelure*, 1876, huile sur toile.

sole un tablier à bavette, comme les infirmières d'hôpital.

Son visage était maigre et sa voix aiguë. À vingt-cinq ans, on lui en donnait quarante ; dès la cinquantaine, elle ne marqua plus aucun âge ; – et, toujours silencieuse, la taille droite et les gestes mesurés, semblait une femme en bois, fonctionnant d'une manière automatique.

Elle avait eu, comme une autre, son histoire d'amour.

Son père, un maçon, s'était tué en tombant d'un échafaudage. Puis sa mère mourut, ses sœurs se dispersèrent, un fermier la recueillit, et l'employa toute petite à garder les vaches dans la campagne. Elle grelottait sous des haillons, buvait à plat ventre l'eau des mares, à propos de rien était battue, et finalement fut chassée pour un vol de trente sols, qu'elle n'avait pas commis. Elle entra dans une autre ferme, y devint fille de basse-cour, et, comme elle plaisait aux patrons, ses camarades la jalousaient.

Quand elle avait fait à la porte une génuflexion, elle s'avançait sous la haute nef entre la double ligne des chaises, ouvrait le banc de Mme Aubain, s'asseyait, et promenait ses yeux autour d'elle.

Les garçons à droite, les filles à gauche, emplissaient les stalles du chœur ; le curé se tenait debout près du lutrin ; sur un vitrail de l'abside, le Saint-Esprit dominait la Vierge ; un autre la montrait à genoux devant l'Enfant-Jésus, et, derrière le tabernacle, un groupe en bois représentait saint Michel terrassant le dragon.

Le prêtre fit d'abord un abrégé de l'Histoire Sainte. Elle croyait voir le paradis, le déluge, la tour de Babel, des villes tout en flammes, des peuples qui mouraient, des idoles renversées ; et elle garda de cet éblouissement le respect du Très-Haut et la crainte de sa colère. Puis elle pleura en écoutant la Passion. Pourquoi l'avaient-ils crucifié, lui qui chérissait les enfants, nourrissait les foules, guérissait les aveugles, et avait voulu, par douceur, naître au milieu des pauvres sur le fumier d'une étable ? Les semailles, les moissons, les pressoirs, toutes ces choses familières dont parle l'Évangile se trouvaient dans sa vie ; le passage de Dieu les avait sanctifiées ; et elle aima plus tendrement les agneaux par amour de l'Agneau, les colombes à cause du Saint-Esprit.

Elle avait peine à imaginer sa personne ; car il n'était pas seulement oiseau, mais encore un feu, et d'autres fois un souffle. C'est peut-être sa lumière qui voltige la nuit aux bords des marécages, son haleine qui pousse les nuées, sa voix qui rend les cloches harmonieuses ; et elle demeurait dans une adoration, jouissant de la fraîcheur des murs et de la tranquillité de l'église.

Quant aux dogmes, elle n'y comprenait rien, ne tâcha même pas de comprendre. Le curé discourait, les enfants récitaient, elle finissait par s'endormir ; et se réveillait tout à coup, quand ils faisaient en s'en allant claquer leurs sabots sur les dalles.

Ce fut de cette manière, à force de l'entendre, qu'elle apprit le catéchisme, son éducation religieuse ayant été négligée dans sa jeunesse ; et dès lors elle imita toutes les pratiques de Virginie, jeûnait comme elle, se confessait avec elle. À la Fête-Dieu, elles firent ensemble un reposoir.

Un Cœur simple, 1877.

◀ Jacques Louis David, *La Maraîchère*, 1789, huile sur toile.

Boule de suif par Guy de Maupassant

Boule de Suif est l'héroïne éponyme de la nouvelle de Maupassant parue en 1880 dans Les Soirées de Médan. *L'action se déroule en 1870, après la défaite de Sedan, alors que les Prussiens occupent la Normandie. Un matin d'hiver, une diligence quitte Rouen pour Dieppe. S'y trouve réuni un microcosme de la société bourgeoise : trois hommes accompagnés de leurs épouses, représentatifs des possédants (noble propriétaire terrien, industriel et négociant), deux bonnes sœurs, un célibataire bon vivant, démocrate, « terreur des gens respectables », et sa voisine de banc, une prostituée. Son portrait, au début de l'extrait, laisse transparaître une sensualité tendre qui semble fasciner le narrateur lui-même. Il mêle à des notations péjoratives sur son embonpoint des touches valorisantes qui font d'elle une figure « appétissante ». Le lecteur comprend d'emblée que Maupassant prend le parti de la fille de joie face aux bourgeois. Ceux-ci, en effet, ne manifestent que mépris envers elle, jusqu'au moment où, la voiture ayant pris du retard, on s'aperçoit que l'on n'arrivera pas à l'auberge pour le déjeuner. Boule de Suif seule a des provisions de bouche ; bonne fille, elle les partage, et la conversation devient bientôt générale. Au relais de Tôtes, où l'on s'arrête pour la nuit, un capitaine prussien exige que Boule de Suif lui accorde ses faveurs pour autoriser les voyageurs à repartir. Patriote, elle lui oppose un refus catégorique. Le lendemain, les bourgeois s'impatientent et poussent ouvertement Boule de Suif dans les bras de l'officier prussien. Malgré sa répugnance, la pauvre cède enfin. Quand le voyage reprend, tous s'écartent de la sacrifiée et, comme elle a oublié, dans son désarroi, de renouveler ses provisions, tous mangent devant elle de grand appétit, sans lui offrir la moindre bouchée. Autour de cette figure pathétique de prostituée généreuse, Maupassant, en bon disciple de Flaubert, laisse parler les faits dans un récit réaliste, qui est aussi un « conte » dénonçant le moralisme hypocrite et l'égoïsme des bourgeois.*

La femme, une de celles appelées galantes, était célèbre par son embonpoint précoce qui lui avait valu le surnom de Boule de Suif. Petite, ronde de partout, grasse à lard, avec des doigts bouffis, étranglés aux phalanges, pareils à des chapelets de courtes saucisses ; avec une peau luisante et tendue, une gorge énorme qui saillait sous sa robe, elle restait cependant appétissante et courue, tant sa fraîcheur faisait plaisir à voir. Sa figure était une pomme rouge, un bouton de pivoine prêt à fleurir ; et là-dedans s'ouvraient, en haut, deux yeux noirs magnifiques, ombragés de grands cils épais qui mettaient une ombre dedans ; en bas, une bouche charmante, étroite, humide pour le baiser, meublée de quenottes luisantes et microscopiques.

Elle était de plus, disait-on, pleine de qualités inappréciables.

Aussitôt qu'elle fut reconnue, des chuchotements coururent parmi les femmes honnêtes, et les mots de « prostituée », de « honte publique » furent chuchotés si haut qu'elle leva la tête. Alors elle promena sur ses voisins un regard tellement provocant et hardi qu'un grand silence aussitôt régna, et tout le monde baissa les yeux à l'exception de Loiseau, qui la guettait d'un air émoustillé.

Mais bientôt la conversation reprit entre les trois dames, que la présence de cette fille avait rendues subitement amies, presque intimes. Elles devaient faire, leur semblait-il, comme un faisceau de leurs dignités d'épouses en face de cette vendue sans vergogne ; car l'amour légal le prend toujours de haut avec son libre confrère.

Les trois hommes aussi, rapprochés par un instinct de conservateurs à l'aspect de Cornudet, parlaient argent d'un certain ton dédaigneux pour les pauvres. Le comte Hubert disait les dégâts que lui avaient fait subir les Prussiens, les pertes qui résulteraient du bétail volé et des récoltes perdues, avec une assurance de grand seigneur dix fois millionnaire que ces ravages gêneraient à peine une année. M. Carré-Lamadon, fort éprouvé dans l'industrie cotonnière, avait eu soin d'envoyer six cent mille francs en Angleterre, une poire pour la soif qu'il se ménageait à toute occasion. Quant à Loiseau, il s'était arrangé pour vendre à l'Intendance française tous les vins communs qui lui restaient en cave, de sorte

Henri de Toulouse-Lautrec, *La Goulue arrivant au Moulin Rouge*, 1892, huile sur carton. ▶

que l'État lui devait une somme formidable qu'il comptait bien toucher au Havre.

Et tous les trois se jetaient des coups d'œil rapides et amicaux. Bien que de conditions différentes, ils se sentaient frères par l'argent, de la grande franc-maçonnerie de ceux qui possèdent, qui font sonner de l'or en mettant la main dans la poche de leur culotte.

La voiture allait si lentement qu'à dix heures du matin on n'avait pas fait quatre lieues. Les hommes descendirent trois fois pour monter des côtes à pied. On commençait à s'inquiéter, car on devait déjeuner à Tôtes et l'on désespérait maintenant d'y parvenir avant la nuit. Chacun guettait pour apercevoir un cabaret sur la route, quand la diligence sombra dans un amoncellement de neige et il fallut deux heures pour la dégager.

L'appétit grandissait, troublait les esprits ; et aucune gargote, aucun marchand de vin ne se montraient, l'approche des Prussiens et le passage des troupes françaises affamées ayant effrayé toutes les industries.

Les messieurs coururent aux provisions dans les fermes au bord du chemin, mais ils n'y trouvèrent pas même de pain, car le paysan défiant cachait ses réserves dans la crainte d'être pillé par les soldats qui, n'ayant rien à se mettre sous la dent, prenaient par force ce qu'ils découvraient.

Vers une heure de l'après-midi, Loiseau annonça que décidément il se sentait un rude creux dans l'estomac. Tout le monde souffrait comme lui depuis longtemps ; et le violent besoin de manger, augmentant toujours, avait tué les conversations.

De temps en temps, quelqu'un bâillait ; un autre presque aussitôt l'imitait ; et chacun, à tour de rôle, suivant son caractère, son savoir-vivre et sa position sociale, ouvrait la bouche avec fracas ou modestement en portant vite sa main devant le trou béant d'où sortait une vapeur.

Boule de Suif, à plusieurs reprises, se pencha comme si elle cherchait quelque chose sous ses jupons. Elle hésitait une seconde, regardait ses voisins, puis se redressait tranquillement. Les figures étaient pâles et crispées. Loiseau affirma qu'il payerait mille francs un jambonneau. Sa femme fit un geste comme pour protester ; puis elle se calma. Elle souffrait toujours en entendant parler d'argent gaspillé, et ne comprenait même pas les plaisanteries sur ce sujet. « Le fait est que je ne me sens pas bien, dit le comte, comment n'ai-je pas songé à apporter des provisions ? » – Chacun se faisait le même reproche.

Enfin, à trois heures, comme on se trouvait au milieu d'une plaine interminable, sans un seul village en vue, Boule de Suif se baissant vivement, retira de sous la banquette un large panier couvert d'une serviette blanche.

Elle en sortit d'abord une petite assiette de faïence, une fine timbale en argent, puis une vaste terrine dans laquelle deux poulets entiers, tout découpés, avaient confit sous leur gelée ; et l'on apercevait encore dans le panier d'autres bonnes choses enveloppées, des pâtés, des fruits, des friandises, les provisions préparées pour un voyage de trois jours, afin de ne point toucher à la cuisine des auberges. Quatre goulots de bouteilles passaient entre les paquets de nourriture. Elle prit une aile de poulet et, délicatement, se mit à la manger avec un de ces petits pains qu'on appelle « Régence » en Normandie.

Tous les regards étaient tendus vers elle. Puis l'odeur se répandit, élargissant les narines, faisant venir aux bouches une salive abondante avec une contraction douloureuse de la mâchoire sous les oreilles. Le mépris des dames pour cette fille devenait féroce, comme une envie de la tuer ou de la jeter en bas de la voiture, dans la neige, elle, sa timbale, son panier et ses provisions.

Mais Loiseau dévorait des yeux la terrine de poulet. Il dit : « À la bonne heure, madame a eu plus de précaution que nous. Il y a des personnes qui savent toujours penser à tout. » Elle leva la tête vers lui : « Si vous en désirez, monsieur ? C'est dur de jeûner depuis le matin. » Il salua : « Ma foi, franchement, je ne refuse pas, je n'en peux plus. À la guerre comme à la guerre, n'est-ce pas, madame ? » Et, jetant un regard circulaire, il ajouta : « Dans des moments comme celui-ci, on est bien aise de trouver des gens qui vous obligent. » – Il avait un journal qu'il étendit pour ne point tacher son pantalon, et sur la pointe d'un couteau toujours logé dans sa poche, il enleva une cuisse toute vernie de gelée, la dépeça des dents, puis la mâcha avec une satisfaction si évidente qu'il y eut dans la voiture un grand soupir de détresse.

Mais Boule de Suif, d'une voix humble et douce, proposa aux bonnes sœurs de partager sa collation. Elles acceptèrent toutes les deux instantanément, et, sans lever les yeux, se mirent à manger très vite après avoir balbutié des remerciements. Cornudet ne refusa pas non plus les offres de sa voisine, et l'on forma avec les religieuses une sorte de table en développant des journaux sur les genoux.

Boule de Suif, dans la hâte et l'effarement de son lever, n'avait pu songer à rien ; et elle regardait, exaspérée, suffoquant de rage, tous ces gens qui mangeaient placidement. Une colère tumultueuse la crispa d'abord, et elle ouvrit la bouche pour leur crier leur fait avec un flot d'injures qui lui montait aux lèvres ; mais elle ne pouvait pas parler tant l'exaspération l'étranglait.

Personne ne la regardait, ne songeait à elle. Elle se sentait noyée dans le mépris de ces gredins honnêtes qui l'avaient sacrifiée d'abord, rejetée ensuite, comme une chose malpropre et inutile. Alors elle songea à son grand panier tout plein de bonnes choses qu'ils avaient goulûment dévorées, à ses deux poulets luisants de gelée, à ses pâtés, à ses poires, à ses quatre bouteilles de bordeaux ; et sa fureur tombant soudain, comme une corde trop tendue qui casse, elle se sentit prête à pleurer. Elle fit des efforts terribles, se raidit, avala ses sanglots comme les enfants, mais les pleurs montaient, luisaient au bord de ses paupières, et bientôt deux grosses larmes, se détachant des yeux, roulèrent lentement sur ses joues. D'autres les suivirent plus rapides, coulant comme des gouttes d'eau qui filtrent d'une roche, et tombant régulièrement sur la courbe rebondie de sa poitrine. Elle restait droite, le regard fixe, la face rigide et pâle, espérant qu'on ne la verrait pas.

Boule de Suif, 1880.

Les figures du renoncement

Andromaque par Jean Racine

Andromaque est une figure de la mythologie et de la littérature grecques. Fille du roi de Thèbes, elle apparaît, dans L'Iliade, *comme le modèle des vertus familiales, attachée à son mari Hector, vaincu par Achille sous les murs de Troie, et à son petit garçon Astyanax. Personnage éponyme de la tragédie de Racine créée en 1667, la veuve d'Hector, captive du roi grec Pyrrhus, est une héroïne déchirée entre son amour maternel et sa fidélité conjugale posthume. Pour sauver son fils Astyanax, elle doit épouser Pyrrhus, qui pour elle délaisse Hermione, suscitant sa jalousie mortelle. Mais pour rester digne d'Hector en repoussant Pyrrhus, elle doit sacrifier Astyanax que les Grecs veulent mettre à mort pour éteindre la descendance de la dynastie troyenne. Tel est le dilemme qu'elle expose à sa confidente Céphise dans cette scène de l'acte IV. Parmi toutes les héroïnes raciniennes, elle apparaît comme un personnage insolite, car elle n'est pas aveuglée par la passion, mais au contraire éclairée par la tendresse et la sensibilité.*

ANDROMAQUE

Céphise, allons le voir pour la dernière fois.

CÉPHISE

Que dites-vous ? ô Dieux !

ANDROMAQUE

Ô ma chère Céphise,
Ce n'est point avec toi que mon cœur se déguise,
Ta foi, dans mon malheur, s'est montrée à mes yeux ;
Mais j'ai cru qu'à mon tour tu me connaissais mieux.
Quoi donc ? as-tu pensé qu'Andromaque infidèle
Pût trahir un époux qui croit revivre en elle ;
Et que de tant de morts réveillant la douleur,
Le soin de mon repos me fît troubler le leur ?
Est-ce là cette ardeur tant promise à sa cendre ?
Mais son fils périssait : il l'a fallu défendre.
Pyrrhus en m'épousant s'en déclare l'appui ;
Il suffit : je veux bien m'en reposer sur lui.
Je sais quel est Pyrrhus. Violent, mais sincère,
Céphise, il fera plus qu'il n'a promis de faire.
Sur le courroux des Grecs je m'en repose encor :
Leur haine va donner un père au fils d'Hector.
Je vais donc, puisqu'il faut que je me sacrifie,
Assurer à Pyrrhus le reste de ma vie ;
Je vais, en recevant sa foi sur les autels,
L'engager à mon fils par des nœuds immortels.
Mais aussitôt ma main, à moi seule funeste,

◀ Jacques-Louis David, *La Douleur d'Andromaque*, 1783, huile sur panneau.

D'une infidèle vie abrégera le reste,
Et sauvant ma vertu, rendra ce que je dois
À Pyrrhus, à mon fils, à mon époux, à moi.
Voilà de mon amour l'innocent stratagème ;
Voilà ce qu'un époux m'a commandé lui-même.
J'irai seule rejoindre Hector et mes aïeux.
Céphise, c'est à toi de me fermer les yeux.

CÉPHISE

Ah ! ne prétendez pas que je puisse survivre...

ANDROMAQUE

Non, non, je te défends, Céphise, de me suivre.
Je confie à tes soins mon unique trésor :
Si tu vivais pour moi, vis pour le fils d'Hector.
De l'espoir des Troyens seule dépositaire,
Songe à combien de rois tu deviens nécessaire.
Veille auprès de Pyrrhus ; fais-lui garder sa foi :
S'il le faut, je consens qu'on lui parle de moi.
Fais-lui valoir l'hymen où je me suis rangée ;
Dis-lui qu'avant ma mort je lui fus engagée,
Que ses ressentiments doivent être effacés,
Qu'en lui laissant mon fils, c'est l'estimer assez.
Fais connaître à mon fils les héros de sa race ;
Autant que tu pourras, conduis-le sur leur trace.
Dis-lui par quels exploits leurs noms ont éclaté,
Plutôt ce qu'ils ont fait que ce qu'ils ont été ;
Parle-lui tous les jours des vertus de son père ;
Et quelquefois aussi parle-lui de sa mère.
Mais qu'il ne songe plus, Céphise, à nous venger :
Nous lui laissons un maître, il le doit ménager.
Qu'il ait de ses aïeux un souvenir modeste :
Il est du sang d'Hector, mais il en est le reste ;
Et pour ce reste enfin j'ai moi-même en un jour
Sacrifié mon sang, ma haine et mon amour.

CÉPHISE

Hélas !

ANDROMAQUE

Hélas ! Ne me suis point, si ton cœur en alarmes
Prévoit qu'il ne pourra commander à tes larmes.
On vient. Cache tes pleurs, Céphise ; et souviens-toi
Que le sort d'Andromaque est commis à ta foi.

Andromaque, 1667

La princesse de Clèves par Mme de La Fayette

L'action de La Princesse de Clèves *se déroule au* XVI*e siècle, à la cour du roi Henri II. M*lle *de Chartres, seize ans, élevée par sa mère dans les principes d'une morale rigoureuse, paraît pour la première fois au Louvre. Le prince de Clèves, ébloui par sa beauté, tombe amoureux d'elle dès qu'il la voit et la demande en mariage. M*lle *de Chartres, qui n'a aucune expérience de l'amour, l'épouse en n'éprouvant pour lui qu'une grande estime. Au cours d'un bal, elle rencontre le duc de Nemours. Un amour immédiat et partagé naît entre eux. M*me *de Chartres, mourante, conjure sa fille de lutter contre cet amour coupable. Désormais sans soutien moral, M*me *de Clèves se retire en province, afin d'éviter M. de Nemours. Dans le but d'être défendue contre le mouvement de sa passion, elle avoue à son mari qu'elle aime un autre homme, sans lui révéler son identité. M. de Clèves connaît alors l'enfer du soupçon et de la jalousie. Persuadé à tort que sa femme lui a été infidèle, il meurt désespéré. Désormais libre, M*me *de Clèves renonce à épouser Nemours et se retire dans un couvent. Son personnage incarne un certain idéal classique de vertu et de sincérité. Mariée sans amour, mais non contre son gré, en lutte contre sa passion pour un autre, cherchant naïvement une aide de son mari par un aveu aux conséquences néfastes, elle est une figure emblématique du renoncement, de l'amer triomphe de la Raison sur le Cœur.*

Il parut alors une beauté à la cour, qui attira les yeux de tout le monde, et l'on doit croire que c'était une beauté parfaite, puisqu'elle donna de l'admiration dans un lieu où l'on était si accoutumé à voir de belles personnes. Elle était de la même maison que le vidame de Chartres, et une des plus grandes héritières de France. Son père était mort jeune, et l'avait laissée sous la conduite de Mme de Chartres, sa femme, dont le bien, la vertu et le mérite étaient extraordinaires. Après avoir perdu son mari, elle avait passé plusieurs années sans revenir à la cour. Pendant cette absence, elle avait donné ses soins à l'éducation de sa fille ; mais elle ne travailla pas seulement à cultiver son esprit et sa beauté, elle songea aussi à lui donner de la vertu et à la lui rendre aimable. La plupart des mères s'imaginent qu'il suffit de ne parler jamais de galanterie devant les jeunes personnes pour les en éloigner : Mme de Chartres avait une opinion opposée ; elle faisait souvent à sa fille des peintures de l'amour ; elle lui montrait ce qu'il a d'agréable, pour la persuader plus aisément sur ce qu'elle lui en apprenait de dangereux ; elle lui contait le peu de sincérité des hommes, leurs tromperies et leur infidélité ; les malheurs domestiques où plongent les engagements ; et elle lui faisait voir, d'un autre côté, quelle tranquillité suivait la vie d'une honnête femme, et combien la vertu donnait d'éclat et d'élévation à une personne qui avait de la beauté et de la naissance ; mais elle lui faisait voir aussi combien il était difficile de conserver cette vertu, que par une extrême défiance de soi-même, et par un grand soin de s'attacher à ce qui seul peut faire le bonheur d'une femme, qui est d'aimer son mari et d'en être aimée.

Cette héritière était alors un des grands partis qu'il y eût en France ; et, quoiqu'elle fût dans une extrême jeunesse, l'on avait déjà proposé plusieurs mariages. Mme de Chartres, qui était extrêmement glorieuse, ne trouvait presque rien digne de sa fille. La voyant dans sa seizième année, elle voulut la mener à la cour. Lorsqu'elle arriva, le vidame alla au-devant d'elle ; il fut surpris de la grande beauté de Mlle de Chartres, et il en fut surpris avec raison : la blancheur de son teint et ses cheveux blonds lui donnaient un éclat que l'on n'a jamais vu qu'à elle ; tous ses traits étaient réguliers, et son visage et sa personne étaient pleins de grâce et de charmes.

Le lendemain qu'elle fut arrivée, elle alla pour assortir des pierreries chez un Italien qui en trafiquait par tout le monde. Cet homme était venu de Florence avec la reine, et s'était tellement enrichi dans son trafic, que sa maison paraissait plutôt celle d'un grand seigneur que d'un marchand. Comme elle y était, le prince de Clèves y arriva : il fut tellement surpris de sa beauté, qu'il ne put cacher sa surprise ; et Mlle de Chartres

▲ Nicolas Lancret, *Avant le bal costumé*, XVIIIe siècle, huile sur toile.

ne put s'empêcher de rougir en voyant l'étonnement qu'elle lui avait donné ; elle se remit néanmoins, sans témoigner d'autre attention aux actions de ce prince que celle que la civilité lui devait donner pour un homme tel qu'il paraissait. M. de Clèves la regardait avec admiration, et il ne pouvait comprendre qui était cette belle personne qu'il ne connaissait point. Il voyait bien, par son air et par tout ce qui était à sa suite, qu'elle devait être d'une grande qualité. Sa jeunesse lui faisait croire que c'était une fille ; mais, ne lui voyant point de mère, et l'Italien, qui ne la connaissait point, l'appelant madame, il ne savait que penser, et il la regardait toujours avec étonnement. Il s'aperçut que ses regards l'embarrassaient, contre l'ordinaire des jeunes personnes, qui voient toujours avec plaisir l'effet de leur beauté ; il lui parut même qu'il était cause qu'elle avait de l'impatience de s'en aller, et en effet elle sortit assez promptement. M. de Clèves se consola de la perdre de vue, dans l'espérance de savoir qui elle était ; mais il fut bien surpris quand il sut qu'on ne la connaissait point : il demeura si touché de sa beauté et de l'air modeste qu'il avait remarqué dans ses actions, qu'on peut dire qu'il conçut pour elle, dès ce moment, une passion et une estime extraordinaires. Il alla le soir chez Madame, sœur du roi. Cette princesse était dans une grande considération, par le crédit qu'elle avait sur le roi son frère ; et ce crédit était si grand, que le roi, en faisant la paix, consentait à rendre le Piémont pour lui faire épouser le duc de Savoie. Quoiqu'elle eût désiré toute sa vie de se marier, elle n'avait jamais voulu épouser qu'un souverain, et elle avait refusé pour cette raison le roi de Navarre, lorsqu'il était duc de Vendôme, et avait toujours souhaité M. de Savoie ; elle avait conservé de l'inclination pour lui depuis qu'elle l'avait vu à Nice, à l'entrevue du roi François Ier et du pape Paul III. Comme elle avait beaucoup d'esprit, et un grand discernement pour les belles choses, elle attirait tous les honnêtes gens, et il y avait de certaines heures où toute la cour était chez elle. M. de Clèves y vint à l'ordinaire. Il était si rempli de l'esprit et de la beauté de Mlle de Chartres, qu'il ne pouvait parler d'autre chose. Il conta tout haut son aventure, et ne pouvait se lasser de donner des louanges à cette personne qu'il avait vue, qu'il ne connaissait point. Madame lui dit qu'il n'y avait point de personnes comme celle qu'il dépeignait ; et que, s'il y en avait quelqu'une, elle serait connue de tout le monde. Mme de Dampierre, qui était sa dame d'honneur et amie de Mme de Chartres, entendant cette conversation, s'approcha de cette princesse, et lui dit tout bas que c'était sans doute Mlle de Chartres que M. de Clèves avait vue. Madame se retourna vers lui, et lui dit que, s'il voulait revenir chez elle le lendemain, elle lui ferait voir cette beauté dont il était si touché. Mlle de Chartres parut en effet le jour suivant : elle fut reçue des reines avec tous les agréments qu'on peut s'imaginer, et avec une telle admiration de tout le monde, qu'elle n'entendait autour d'elle que des louanges. Elle les recevait avec une modestie si noble, qu'il ne semblait pas qu'elle les entendît, ou du moins qu'elle en fût touchée. Elle alla ensuite chez Madame, sœur du roi. Cette princesse, après avoir loué sa beauté, lui conta l'étonnement qu'elle avait donné à M. de Clèves. Ce prince entra un moment après : « Venez, lui dit-elle, voyez si je ne vous tiens pas ma parole, et si, en vous montrant Mlle de Chartres, je ne vous fais pas voir cette beauté que vous cherchiez ; remerciez-moi au moins de lui avoir appris l'admiration que vous aviez déjà pour elle. »

M. de Clèves sentit de la joie de voir que cette personne qu'il avait trouvée si aimable était d'une qualité proportionnée à sa beauté : il s'approcha d'elle, et il la supplia de se souvenir qu'il avait été le premier à l'admirer, et que, sans la connaître, il avait eu pour elle tous les sentiments de respect et d'estime qui lui étaient dus.

Elle passa tout le jour des fiançailles chez elle à se parer, pour se trouver le soir au bal et au festin royal qui se faisait au Louvre. Lorsqu'elle arriva, l'on admira sa beauté et sa parure ; le bal commença et, comme elle dansait avec M. de Guise, il se fit un assez grand bruit vers la porte de la salle, comme de quelqu'un qui entrait et à qui on faisait place. Mme de Clèves acheva de danser et, pendant qu'elle cherchait des yeux quelqu'un qu'elle avait dessein de prendre, le roi lui cria de prendre celui qui arrivait. Elle se tourna et vit un homme qu'elle crut d'abord ne pouvoir être que M. de Nemours, qui passait par-dessus quelques sièges pour arriver où l'on dansait. Ce prince était fait d'une sorte qu'il était difficile de n'être pas surpris de le voir quand on ne l'avait jamais vu, surtout ce soir-là, où le soin qu'il avait pris de se parer augmentait encore l'air brillant qui était dans sa personne ; mais il était difficile aussi de voir Mme de Clèves pour la première fois sans avoir un grand étonnement.

M. de Nemours fut tellement surpris de sa beauté que, lorsqu'il fut proche d'elle, et qu'elle lui fit la révérence, il ne put s'empêcher de donner des marques de son admiration. Quand ils commencèrent à danser, il s'éleva dans la salle un murmure de louanges. Le roi et les reines se souvinrent qu'ils ne s'étaient jamais vus, et trouvèrent quelque chose de singulier de les voir danser ensemble sans se connaître. Ils les appelèrent quand ils eurent fini sans leur donner le loisir de parler à personne et leur demandèrent s'ils n'avaient pas bien envie de savoir qui ils étaient, et s'ils ne s'en doutaient point.

« Pour moi, Madame, dit M. de Nemours, je n'ai pas d'incertitude, mais comme Mme de Clèves n'a pas les mêmes raisons pour deviner qui je suis que celles que j'ai pour la reconnaître, je voudrais bien que Votre Majesté eût la bonté de lui apprendre mon nom.

– Je crois, dit Mme la dauphine, qu'elle le sait aussi bien que vous savez le sien.

– Je vous assure, Madame, reprit Mme de Clèves, qui paraissait un peu embarrassée, que je ne devine pas si bien que vous pensez.

– Vous devinez fort bien, répondit Mme la dauphine, et il y a même quelque chose d'obligeant pour M. de Nemours à ne vouloir pas avouer que vous le connaissez sans l'avoir jamais vu. »

La Princesse de Clèves, 1678.

Julie par Jean-Jacques Rousseau

Dans le roman épistolaire de Jean-Jacques Rousseau, Julie d'Étange est, au XVIIIe siècle, la « Nouvelle Héloïse », avatar de l'amante d'Abélard au Moyen Âge. Comme elle, fille de famille noble, elle partage l'amour passionné de son précepteur roturier, Saint-Preux. Malgré l'interdit imposé par la morale et les règles sociales de son époque, elle se donne à lui, pour aussitôt le regretter : « Un feu pur et sacré brûlait nos cœurs, nous ne sommes plus que des amants vulgaires. » Elle espère racheter sa « faute » par la maternité qui obligera ses parents à l'unir à son amant et à reconnaître la légitimité de sa passion. Elle perd l'enfant ; les lettres de Saint-Preux sont découvertes par sa mère, qui meurt peu après. Julie sombre dans le désespoir et la culpabilité. Elle éloigne son amant et se résigne à épouser M. de Wolmar, auquel son père a de longue date promis sa main. Des années après, elle répond à Saint-Preux qui, de retour d'un long voyage, s'est enquis de son bonheur. Elle peint pour lui un tableau idyllique de sa nouvelle vie de femme mariée et de mère. Dans l'extrait ci-dessous, elle fait l'éloge de « l'attachement », de préférence à « l'amour », dont la violence porte sa propre condamnation, et fait à son amant un adieu émouvant. Ils se retrouvent pourtant, car après l'aveu de sa liaison à son mari, celui-ci accueille Saint-Preux dans le domaine où s'est instauré un art de vivre qui procure le bonheur par la douceur des mœurs et la simplicité des plaisirs. Les deux amants retrouvent un temps les délices d'une amitié platonique, avant que la maladie n'emporte Julie, qui s'est jetée à l'eau pour sauver son fils de la noyade. Dans son agonie, elle garde assez de force pour écrire à Saint-Preux une ultime lettre où elle lui confie l'éducation de ses enfants et lui dit un adieu qui est aussi un aveu d'amour définitif : « je ne te quitte pas, je vais t'attendre. La vertu qui nous sépara sur la terre nous unira dans le séjour éternel. » Unique œuvre romanesque du philosophe Rousseau, la Nouvelle Héloïse *annonce, dès 1761, toutes les expressions littéraires des mouvements du cœur qui fleuriront au début du XIXe siècle.*

Jean Raoux, *La Liseuse*, XVIIIe siècle, huile sur toile. ▶

Lettre XX
Julie à Saint Preux

Mon ami, le ciel éclaire la bonne intention des pères, et récompense la docilité des enfants. À Dieu ne plaise que je veuille insulter à vos déplaisirs. Le seul désir de vous rassurer pleinement sur mon sort me fait ajouter ce que je vais vous dire. Quand avec les sentiments que j'eus ci-devant pour vous, et les connaissances que j'ai maintenant, je serais libre encore et maîtresse de me choisir un mari, je prends à témoin de ma sincérité ce Dieu qui daigne m'éclairer et qui lit au fond de mon cœur, ce n'est pas vous que je choisirais, c'est M. de Wolmar.

Il importe peut-être à votre entière guérison que j'achève de vous dire ce qui me reste sur le cœur. M. de Wolmar est plus âgé que moi. Si pour me punir de mes fautes, le ciel m'ôtait le digne époux que j'ai si peu mérité, ma ferme résolution est de n'en prendre jamais un autre. S'il n'a pas eu le bonheur de trouver une fille chaste, il laissera du moins une chaste veuve. Vous me connaissez trop bien pour croire qu'après vous avoir fait cette déclaration je sois femme, à m'en rétracter jamais.

Adieu, mon cher et bon ami ; si je croyais que la fortune pût vous rendre heureux, je vous dirais : « Courez à la fortune » ; mais peut-être avez-vous raison de la dédaigner avec tant de trésors pour vous passer d'elle ; j'aime mieux vous dire : « Courez à la félicité », c'est la fortune du sage. Nous avons toujours senti qu'il n'y en avait point sans la vertu ; mais prenez garde que ce mot de vertu trop abstrait n'ait plus d'éclat que de solidité, et ne soit un nom de parade qui sert plus à éblouir les autres qu'à nous contenter nous-mêmes. Je frémis quand je songe que des gens qui portaient l'adultère au fond de leur cœur osaient parler de vertu. Savez-vous bien ce que signifiait pour nous un terme si respectable et si profané, tandis que nous étions engagés dans un commerce criminel ? C'était cet amour forcené dont nous étions embrasés l'un et l'autre qui déguisait ses transports sous ce saint enthousiasme, pour nous les rendre encore plus chers, et nous abuser plus longtemps. Nous étions faits, j'ose le croire, pour suivre et chérir la véritable vertu ; mais nous nous trompions en la cherchant, et ne suivions qu'un vain fantôme. Il est temps que l'illusion cesse ; il est temps de revenir d'un trop long égarement. Mon ami, ce retour ne vous sera pas difficile. Vous avez votre guide en vous-même ; vous l'avez pu négliger, mais vous ne l'avez jamais rebuté. Votre âme est saine, elle s'attache à tout ce qui est bien ; et si quelquefois il lui échappe, c'est qu'elle n'a pas usé de toute sa force pour s'y tenir. Rentrez au fond de votre conscience, et cherchez si vous n'y retrouveriez point quelque principe oublié qui servirait à mieux ordonner toutes vos actions, à les lier plus solidement entre elles et avec un objet commun. Ce n'est pas assez, croyez-moi, que la vertu soit la base de votre conduite, si vous n'établissez cette base même sur un fondement inébranlable. Souvenez-vous de ces Indiens qui font porter le monde sur un grand éléphant, et puis l'éléphant sur une tortue ; et quand on leur demande sur quoi porte la tortue, ils ne savent plus que dire.

Ici finissent les sermons de la prêcheuse. Elle aura désormais assez à faire à se prêcher elle-même. Adieu, mon aimable ami, adieu pour toujours ; ainsi l'ordonne l'inflexible devoir. Mais croyez que le cœur de Julie ne sait point oublier ce qui lui fut cher... Mon Dieu ! que fais-je ?... Vous le verrez trop à l'état de ce papier. Ah ! n'est-il pas permis de s'attendrir en disant à son ami le dernier adieu ?

Julie ou la Nouvelle Héloïse, 1761.

Atala par François René de Chateaubriand

Atala est l'héroïne éponyme d'un court récit paru en 1801, qui est un épisode des Natchez, *épopée inspirée à Chateaubriand par son séjour en Amérique. Le narrateur en est Chactas, un vieil Indien qui raconte à un jeune Français exilé un épisode douloureux de sa jeunesse. Capturé par une tribu hostile et menacé de mort, Chactas s'évade avec l'aide d'Atala, métisse chrétienne amoureuse de lui. Après une longue errance dans la forêt, les deux jeunes gens sont recueillis par un missionnaire, le père Aubry. Alors que Chactas est prêt à se convertir pour épouser sa bienfaitrice, il la découvre mourante. Se sentant sur le point de trahir un vœu de virginité prononcé en son nom par sa mère et près de céder au désir de s'unir à Chactas, elle a choisi d'échapper à son dilemme en s'empoisonnant. Personnage exotique et héroïne tragique, incarnant le conflit entre la nature et la religion, Atala offre ce mélange de vertu et de passion, de sensibilité ardente et de mélancolie, qui fait d'elle une héroïne romantique par excellence, une « sylphide » comme celle qui faisait rêver l'adolescent solitaire de Combourg.*

« Mon jeune ami, reprit Atala, tu as été témoin de mes combats, et cependant tu n'en as vu que la moindre partie ; je te cachais le reste. Non, l'esclave noir qui arrose de ses sueurs les sables ardents de la Floride est moins misérable que n'a été Atala. Te sollicitant à la fuite, et pourtant certaine de mourir si tu t'éloignais de moi ; craignant de fuir avec toi dans les déserts, et cependant haletant après l'ombrage des bois... Ah ! s'il n'avait fallu que quitter parents, amis, patrie ; si même (chose affreuse) il n'y eût eu que la perte de mon âme ! Mais ton ombre, ô ma mère, ton ombre était toujours là, me reprochant ses tourments ! J'entendais tes plaintes, je voyais les flammes de l'enfer te consumer. Mes nuits étaient arides et pleines de fantômes, mes jours étaient désolés ; la rosée du soir séchait en tombant sur ma peau brûlante ; j'entrouvrais mes lèvres aux brises, et les brises, loin de m'apporter la fraîcheur, s'embrasaient du feu de mon souffle. Quel tourment de te voir sans cesse auprès de moi, loin de tous les hommes, dans de profondes solitudes, et de sentir entre toi et moi une barrière invincible ! Passer ma vie à tes pieds, te servir comme ton esclave, apprêter ton repas et ta couche dans quelque coin ignoré de l'univers, eût été pour moi le bonheur suprême ; ce bonheur, j'y touchais, et je ne pouvais en jouir. Quel dessein n'ai-je point rêvé ! Quel songe n'est point sorti de ce cœur si triste ! Quelquefois en attachant mes yeux sur toi, j'allais jusqu'à former des désirs aussi insensés que coupables : tantôt j'aurais voulu être avec toi la seule créature vivante sur la terre ; tantôt, sentant une divinité qui m'arrêtait dans mes horribles transports, j'aurais désiré que cette divinité se fût anéantie, pourvu que serrée dans tes bras, j'eusse roulé d'abîme en abîme avec les débris de Dieu et du monde ! À présent même... le dirai-je ? à présent que l'éternité va m'engloutir, que je vais paraître devant le Juge inexorable, au moment où, pour obéir à ma mère, je vois avec joie ma virginité dévorer ma vie ; eh bien ! par une affreuse contradiction, j'emporte le regret de n'avoir pas été à toi !

– Ma fille, interrompit le missionnaire, votre douleur vous égare. Cet excès de passion auquel vous vous livrez est rarement juste, il n'est pas même dans la nature ; et en cela il est moins coupable aux yeux de Dieu, parce que c'est plutôt quelque chose de faux dans l'esprit, que de vicieux dans le cœur. Il faut donc éloigner de vous ces emportements, qui ne sont pas dignes de votre innocence. Mais aussi, ma chère enfant, votre imagination impétueuse vous a trop alarmée sur vos vœux. La religion n'exige point de sacrifice plus qu'humain. Ses sentiments vrais, ses vertus tempérées sont bien au-dessus des sentiments exaltés et des vertus forcées d'un prétendu héroïsme. Si vous aviez succombé, eh bien ! pauvre brebis égarée, le Bon Pasteur vous aurait cherchée, pour vous ramener au troupeau. Les trésors du repentir vous étaient ouverts : il faut des torrents de sang pour effacer nos fautes aux yeux des hommes, une seule larme suffit à Dieu. Rassurez-vous donc, ma chère fille, votre situation exige du calme ; adressons-nous à Dieu, qui guérit toutes les plaies de ses serviteurs. Si c'est sa volonté, comme je l'espère, que vous échappiez à cette maladie, j'écrirai à l'évêque de Québec ; il a les pouvoirs nécessaires pour vous relever de vos vœux, qui ne sont que des vœux simples, et vous achèverez vos jours près de moi avec Chactas votre époux. »

À ces paroles du vieillard, Atala fut saisie d'une longue convulsion, dont elle ne sortit que pour donner des marques d'une douleur effrayante.

« Quoi ! dit-elle en joignant les deux mains avec passion, il y avait du remède ! Je pouvais être relevée de mes voeux !

– Oui, ma fille, répondit le père ; et vous le pouvez encore.

– Il est trop tard, il est trop tard ! s'écria-t-elle. Faut-il mourir, au moment où j'apprends que j'aurais pu être heureuse ! Que n'ai-je connu plus tôt ce saint vieillard ! Aujourd'hui, de quel bonheur je jouirais, avec toi, avec Chactas chrétien..., consolée, rassurée par ce prêtre auguste... dans ce désert... pour toujours... oh ! c'eût été trop de félicité !

– Calme-toi, lui dis-je, en saisissant une des mains de l'infortunée ; calme-toi, ce bonheur, nous allons le goûter.

– Jamais ! jamais ! dit Atala.

– Comment ? répartis-je.

– Tu ne sais pas tout, s'écria la vierge : c'est hier... pendant l'orage... J'allais violer mes vœux ; j'allais plonger ma mère dans les flammes de l'abîme ; déjà sa malédiction était sur moi ; déjà je mentais au Dieu qui m'a sauvé la vie... Quand tu baisais mes lèvres tremblantes, tu ne savais pas, tu ne savais pas que tu n'embrassais que la mort !

– Ô ciel ! s'écria le missionnaire, chère enfant, qu'avez-vous fait ?

– Un crime, mon père, dit Atala les yeux égarés ; mais je ne perdais que moi, et je sauvais ma mère.

– Achève donc, m'écriai-je plein d'épouvante.

– Eh bien ! dit-elle, j'avais prévu ma faiblesse ; en quittant les cabanes, j'ai emporté avec moi...

– Quoi ? repris-je avec horreur.

– Un poison ! dit le père.

– Il est dans mon sein, s'écria Atala. »

Atala, 1801.

▲ Anne-Louis Girodet-Trioson, *Atala au tombeau*, 1808, huile sur toile.

Corinne par Germaine de Staël

Roman de Germaine de Staël paru en 1807, Corinne ou l'Italie *est l'histoire d'un échec amoureux et un chant d'amour pour un pays et son peuple. Dans les dernières années du* XVIII*e siècle, en Italie, où il voyage pour apaiser son mal de vivre, sir Oswald Nelvil rencontre la poétesse Corinne au moment de son couronnement au Capitole. Il tombe amoureux de cette femme qui réunit tous les talents de l'esprit et les attraits de la beauté physique. Leur idylle platonique s'épanouit parmi les splendeurs artistiques du pays qu'ils visitent ensemble et commentent longuement dans une admiration partagée. Rappelé en Écosse par son régiment, Oswald, repris par un conformisme familial qui l'amène à obéir au vœu de son défunt père, et ignorant que Corinne est venue l'y retrouver, épouse Lucile, sa demi-sœur. Corinne s'efface devant ce qu'elle croit être le bonheur de deux êtres chers et retourne en Italie, où elle meurt entre leurs bras à l'issue d'une ultime improvisation poétique en public. En cette fin du siècle des Lumières, Corinne est un personnage clé du romantisme naissant. Fille de Voltaire par son goût pour les idées et sa curiosité universelle, elle tient aussi de Rousseau par sa sensibilité exacerbée.*

Oswald se promenait dans les rues de Rome en attendant l'arrivée de Corinne. À chaque instant on la nommait, on racontait un trait nouveau d'elle, qui annonçait la réunion de tous les talents qui captivent l'imagination. L'un disait que sa voix était la plus touchante d'Italie, l'autre que personne ne jouait la tragédie comme elle, l'autre qu'elle dansait comme une nymphe, et qu'elle dessinait avec autant de grâce que d'invention ; tous disaient qu'on n'avait jamais écrit ni improvisé d'aussi beaux vers, et que, dans la conversation habituelle, elle avait tour à tour une grâce et une éloquence qui charmaient tous les esprits. On se disputait pour savoir quelle ville d'Italie lui avait donné la naissance, mais les Romains soutenaient vivement qu'il fallait être né à Rome pour parler l'italien avec cette pureté. Son nom de famille était ignoré. Son premier ouvrage avait paru cinq ans auparavant, et portait seulement le nom de Corinne. Personne ne savait où elle avait vécu, ni ce qu'elle avait été avant cette époque ; elle avait maintenant à peu près vingt-six ans. Ce mystère et cette publicité tout à la fois, cette femme dont tout le monde parlait, et dont on ne connaissait pas le véritable nom, parurent à lord Nelvil l'une des merveilles du singulier pays qu'il venait voir. Il aurait jugé très sévèrement une telle femme en Angleterre, mais il n'appliquait à l'Italie aucune des convenances sociales, et le couronnement de Corinne lui inspirait d'avance l'intérêt que ferait naître une aventure de l'Arioste.

Une musique très belle et très éclatante précéda l'arrivée de la marche triomphale. Un événement, quel qu'il soit, annoncé par la musique, cause toujours de l'émotion. Un grand nombre de seigneurs romains et quelques étrangers précédaient le char qui conduisait Corinne.

« C'est le cortège de ses admirateurs, dit un Romain.

– Oui, répondit l'autre, elle reçoit l'encens de tout le monde, mais elle n'accorde à personne une préférence décidée ; elle est riche, indépendante ; l'on croit même, et certainement elle en a bien l'air, que c'est une femme d'une illustre naissance, qui ne veut pas être connue.

– Quoi qu'il en soit, reprit un troisième, c'est une divinité entourée de nuages. »

Oswald regarda l'homme qui parlait ainsi, et tout désignait en lui le rang le plus obscur de la société ; mais, dans le Midi, l'on se sert si naturellement des expressions les plus poétiques, qu'on dirait qu'elles se puisent dans l'air et sont inspirées par le soleil.

Enfin les quatre chevaux blancs qui traînaient le char de Corinne se firent place au milieu de la foule. Corinne était assise sur ce char construit à l'antique, et de jeunes filles, vêtues de blanc, marchaient à côté d'elle. Partout où elle passait l'on jetait en abondance des parfums dans les airs ; chacun se mettait aux fenêtres pour la voir, et ces fenêtres étaient parées en dehors par des pots de fleurs et des tapis d'écarlate ; tout le monde criait : « Vive Corinne ! vive le génie ! vive la beauté ! »

Élisabeth Louise Vigée-Lebrun, *Portrait de Madame de Staël en Corinne*, 1809, huile sur toile. ▶

L'émotion était générale ; mais lord Nelvil ne la partageait point encore ; et bien qu'il se fût déjà dit qu'il fallait mettre à part, pour juger tout cela, la réserve de l'Angleterre et les plaisanteries françaises, il ne se livrait point à cette fête, lorsqu'enfin il aperçut Corinne.

Elle était vêtue comme la Sybille du Dominiquin, un châle des Indes tourné autour de sa tête, et ses cheveux du plus beau noir entremêlés avec ce châle ; sa robe était blanche ; une draperie bleue se rattachait au-dessous de son sein, et son costume était très pittoresque, sans s'écarter cependant assez des usages reçus, pour que l'on pût y trouver de l'affectation. Son attitude sur le char était noble et modeste : on apercevait bien qu'elle était contente d'être admirée ; mais un sentiment de timidité se mêlait à sa joie, et semblait demander grâce pour son triomphe ; l'expression de sa physionomie, de ses yeux, de son sourire, intéressait pour elle, et le premier regard fit de lord Nelvil son ami, avant même qu'une impression plus vive le subjuguât. Ses bras étaient d'une éclatante beauté ; sa taille grande, mais un peu forte, à la manière des statues grecques, caractérisait énergiquement la jeunesse et le bonheur ; son regard avait quelque chose d'inspiré. L'on voyait dans sa manière de saluer et de remercier, pour les applaudissements qu'elle recevait, une sorte de naturel qui relevait l'éclat de la situation extraordinaire dans laquelle elle se trouvait ; elle donnait à la fois l'idée d'une prêtresse d'Apollon, qui s'avançait vers le temple du Soleil, et d'une femme parfaitement simple dans les rapports habituels de la vie ; enfin tous ses mouvements avaient un charme qui excitait l'intérêt et la curiosité, l'étonnement et l'affection.

L'admiration du peuple pour elle allait toujours en croissant, plus elle approchait du Capitole, de ce lieu si fécond en souvenirs. Ce beau ciel, ces Romains si enthousiastes, et par-dessus tout Corinne, électrisaient l'imagination d'Oswald ; il avait vu souvent dans son pays des hommes d'État portés en triomphe par le peuple ; mais c'était pour la première fois qu'il était témoin des honneurs rendus à une femme, à une femme illustrée seulement par les dons du génie ; son char de victoire ne coûtait de larmes à personne, et nul regret, comme nulle crainte, n'empêchait d'admirer les plus beaux dons de la nature, l'imagination, le sentiment et la pensée.

Oswald était tellement absorbé dans ses réflexions, des idées si nouvelles l'occupaient, qu'il ne remarqua point les lieux antiques et célèbres à travers lesquels passait le char de Corinne ; c'est au pied de l'escalier qui conduit au Capitole que ce char s'arrêta, et dans ce moment tous les amis de Corinne se précipitèrent pour lui offrir la main. Elle choisit celle du prince Castel-Forte, le grand seigneur romain le plus estimé par son esprit et son caractère ; chacun approuva le choix de Corinne ; elle monta cet escalier du Capitole, dont l'imposante majesté semblait accueillir avec bienveillance les pas légers d'une femme. La musique se fit entendre avec un nouvel éclat au moment de l'arrivée de Corinne, le canon retentit, et la Sybille triomphante entra dans le palais préparé pour la recevoir.

Au fond de la salle dans laquelle elle fut reçue, était placé le sénateur qui devait la couronner et les conservateurs du sénat : d'un côté tous les cardinaux et les femmes les plus distinguées du pays, de l'autre les hommes de lettres de l'académie de Rome ; à l'extrémité opposée, la salle était occupée par une partie de la foule immense qui avait suivi Corinne. La chaise destinée pour elle était sur un gradin inférieur à celui du sénateur. Corinne, avant de s'y placer, devait, selon l'usage, en présence de cette auguste assemblée, mettre un genou en terre sur le premier degré. Elle le fit avec tant de noblesse et de modestie, de douceur et de dignité, que lord Nelvil sentit en ce moment ses yeux mouillés de larmes ; il s'étonna lui-même de son attendrissement : mais au milieu de tout cet éclat, de tous ces succès, il lui semblait que Corinne avait imploré, par ses regards, la protection d'un ami, protection dont jamais une femme, quelque supérieure qu'elle soit, ne peut se passer ; et il pensait en lui-même qu'il serait doux d'être l'appui de celle à qui sa sensibilité seule rendrait cet appui nécessaire.

Corinne ou l'Italie, 1807.

Eugénie Grandet par Honoré de Balzac

Eugénie est la fille unique du très riche père Grandet, tyran domestique taciturne et parcimonieux. C'est une jeune fille à la beauté sculpturale, qui mène « une vie chrétienne et pudique ». En apparence, elle est humble et soumise à la cupidité tyrannique de son père. Mais cette victime condamnée à une triste vie de recluse va faire preuve d'une indomptable volonté en découvrant l'amour. Sa vie monotone est en effet bouleversée par l'arrivée inopinée de son cousin Charles, dont le père ruiné vient de se suicider, non sans confier le jeune homme au bon secours de son vieux frère. Le texte ci-dessous fait découvrir au lecteur le portrait physique de l'héroïne dans ce moment crucial de l'éveil du sentiment amoureux. Moment de prise de conscience de son corps, tandis qu'elle s'apprête, qu'elle s'examine dans son miroir, moment de doute aussi, car Eugénie se trouve « trop laide ». Pourtant, Charles semble partager son amour et lui prête des serments d'éternelle fidélité avant de partir chercher fortune outre-mer. Pour lui, Eugénie brise le tabou familial de l'argent : elle lui remet secrètement le pactole de pièces d'or que son père lui avait confiées en faisant mine de les lui donner. Des années passent, Charles est de retour, il semble l'avoir oubliée et fait un médiocre mariage d'intérêt. Il ignore qu'Eugénie, devenue une très riche héritière, l'aime toujours. Ultime preuve de cet amour et de son attachement à l'honneur de la famille, elle paiera les dettes de son oncle avant d'épouser l'un de ses vieux prétendants de Saumur, sous condition de mariage blanc. Veuve et toujours vierge à trente-six ans, elle renoue, par atavisme familial, avec le mode de vie reclus et parcimonieux de son père, à l'exception notable des secours que son immense fortune lui permet de prodiguer aux nécessiteux.

Dans la pure et monotone vie des jeunes filles, il vient une heure délicieuse où le soleil leur épanche ses rayons dans l'âme, où la fleur leur exprime des pensées, où les palpitations du cœur communiquent au cerveau leur chaude fécondance, et fondent les idées en un vague désir ; jour d'innocente mélancolie et de suaves joyeusetés ! Quand les enfants commencent à voir, ils sourient ; quand une fille entrevoit le sentiment dans la nature, elle sourit comme elle souriait enfant. Si la lumière est le premier amour de la vie, l'amour n'est-il pas la lumière du cœur ? Le moment de voir clair aux choses d'ici-bas était arrivé pour Eugénie. Matinale comme toutes les filles de province, elle se leva de bonne heure, fit sa prière, et commença l'œuvre de sa toilette, occupation qui désormais allait avoir un sens. Elle lissa d'abord ses cheveux châtains, tordit leurs grosses nattes au-dessus de sa tête avec le plus grand soin, en évitant que les cheveux ne s'échappassent de leurs tresses, et introduisit dans sa coiffure une symétrie qui rehaussa la timide candeur de son visage, en accordant la simplicité des accessoires à la naïveté des lignes. En se lavant plusieurs fois les mains dans de l'eau pure qui lui durcissait et rougissait la peau, elle regarda ses beaux bras ronds, et se demanda ce que faisait son cousin pour avoir les mains si mollement blanches, les ongles si bien façonnés. Elle mit des bas neufs et ses plus jolis souliers. Elle se laça droit, sans passer d'œillets. Enfin souhaitant, pour la première fois de sa vie, de paraître à son avantage, elle connut le bonheur d'avoir une robe fraîche, bien faite, et qui la rendait attrayante. Quand sa toilette fut achevée, elle entendit sonner l'horloge de la paroisse, et s'étonna de ne compter que sept heures. Le désir d'avoir tout le temps nécessaire pour se bien habiller l'avait fait lever trop tôt. Ignorant l'art de remanier dix fois une boucle de cheveux et d'en étudier l'effet, Eugénie se croisa bonnement les bras, s'assit à sa fenêtre, contempla la cour, le jardin étroit et les hautes terrasses qui le dominaient ; vue mélancolique, bornée, mais qui n'était pas dépourvue des mystérieuses beautés particulières aux endroits solitaires ou à la nature inculte. Auprès de la cuisine se trouvait un puits entouré d'une margelle, et à poulie maintenue dans une branche de fer courbée, qu'embrassait une vigne aux

▲ Berthe Morisot, *Jeune femme de dos à sa toilette*, 1875-1880, huile sur toile.

pampres flétris, rougis, brouis par la saison. De là, le tortueux sarment gagnait le mur, s'y attachait, courait le long de la maison et finissait sur un bûcher où le bois était rangé avec autant d'exactitude que peuvent l'être les livres d'un bibliophile. Le pavé de la cour offrait ces teintes noirâtres produites avec le temps par les mousses, par les herbes, par le défaut de mouvement. Les murs épais présentaient leur chemise verte, ondée de longues traces brunes. Enfin les huit marches qui régnaient au fond de la cour et menaient à la porte du jardin, étaient disjointes et ensevelies sous de hautes plantes comme le tombeau d'un chevalier enterré par sa veuve au temps des croisades. Au-dessus d'une assise de pierres toutes rongées s'élevait une grille de bois pourri, à moitié tombée de vétusté, mais à laquelle se mariaient à leur gré des plantes grimpantes. De chaque côté de la porte à claire-voie s'avançaient les rameaux tortus de deux pommiers rabougris. Trois allées parallèles, sablées et séparées par des carrés dont les terres étaient maintenues au moyen d'une bordure en buis, composaient ce jardin que terminait, au bas de la terrasse, un couvert de tilleuls. À un bout, des framboisiers ; à l'autre, un immense noyer qui inclinait ses branches jusque sur le cabinet du tonnelier. Un jour pur et le beau soleil des automnes naturels aux rives de la Loire commençaient à dissiper le glacis imprimé par la nuit aux pittoresques objets, aux murs, aux plantes qui meublaient ce jardin et la cour. Eugénie trouva des charmes tout nouveaux dans l'aspect de ces choses, auparavant si ordinaires pour elle. Mille pensées confuses naissaient dans son âme, et y croissaient à mesure que croissaient au dehors les rayons du soleil. Elle eut enfin ce mouvement de plaisir vague, inexplicable, qui enveloppe l'être moral, comme un nuage envelopperait l'être physique. Ses réflexions s'accordaient avec les détails de ce singulier paysage, et les harmonies de son cœur firent alliance avec les harmonies de la nature. Quand le soleil atteignit un pan de mur, d'où tombaient des Cheveux de Vénus aux feuilles épaisses à couleurs changeantes comme la gorge des pigeons, de célestes rayons d'espérance illuminèrent l'avenir pour Eugénie, qui désormais se plut à regarder ce pan de mur, ses fleurs pâles, ses clochettes bleues et ses herbes fanées, auxquelles se mêla un souvenir gracieux comme ceux de l'enfance. Le bruit que chaque feuille produisait dans cette cour sonore, en se détachant de son rameau, donnait une réponse aux secrètes interrogations de la jeune fille, qui serait restée là, pendant toute la journée, sans s'apercevoir de la fuite des heures. Puis vinrent de tumultueux mouvements d'âme. Elle se leva fréquemment, se mit devant son miroir, et s'y regarda comme un auteur de bonne foi contemple son œuvre pour se critiquer, et se dire des injures à lui-même.

« Je ne suis pas assez belle pour lui ». Telle était la pensée d'Eugénie, pensée humble et fertile en souffrances. La pauvre fille ne se rendait pas justice ; mais la modestie, ou mieux la crainte, est une des premières vertus de l'amour. Eugénie appartenait bien à ce type d'enfants fortement constitués, comme ils le sont dans la petite bourgeoisie, et dont les beautés paraissent vulgaires ; mais si elle ressemblait à Vénus de Milo, ses formes étaient ennoblies par cette suavité du sentiment chrétien qui purifie la femme et lui donne une distinction inconnue aux sculpteurs anciens. Elle avait une tête énorme, le front masculin mais délicat du Jupiter de Phidias, et des yeux gris auxquels sa chaste vie, en s'y portant tout entière, imprimait une lumière jaillissante. Les traits de son visage rond, jadis frais et rose, avaient été grossis par une petite vérole assez clémente pour n'y point laisser de traces, mais qui avait détruit le velouté de la peau, néanmoins si douce et si fine encore que le pur baiser de sa mère y traçait passagèrement une marque rouge. Son nez était un peu trop fort, mais il s'harmoniait avec une bouche d'un rouge de minium, dont les lèvres à mille raies étaient pleines d'amour et de bonté. Le col avait une rondeur parfaite. Le corsage bombé, soigneusement voilé, attirait le regard et faisait rêver ; il manquait sans doute un peu de la grâce due à la toilette ; mais, pour les connaisseurs, la non-flexibilité de cette haute taille devait être un charme. Eugénie, grande et forte, n'avait donc rien du joli qui plaît aux masses ; mais elle était belle de cette beauté si facile à méconnaître, et dont s'éprennent seulement les artistes. Le peintre qui cherche ici-bas un type à la céleste pureté de Marie, qui demande à toute la nature féminine ces yeux modestement fiers devinés par Raphaël, ces lignes vierges souvent dues aux hasards de la conception, mais qu'une vie chrétienne et pudique peut seule conserver ou faire acquérir ; ce peintre, amoureux d'un si rare modèle, eût trouvé tout à coup dans le visage d'Eugénie la noblesse innée qui s'ignore ; il eût vu sous un front calme un monde d'amour ; et, dans la coupe des yeux, dans l'habitude des paupières, le je ne sais quoi divin. Ses traits, les contours de sa tête que l'expression du plaisir n'avait jamais ni altérés ni fatigués, ressemblaient aux lignes d'horizon si doucement tranchées dans le lointain des lacs tranquilles. Cette physionomie calme, colorée, bordée de lueur comme une jolie fleur éclose, reposait l'âme, communiquait le charme de la conscience qui s'y reflétait, et commandait le regard. Eugénie était encore sur la rive de la vie où fleurissent les illusions enfantines, où se cueillent les marguerites avec des délices plus tard inconnues. Aussi se dit-elle en se mirant, sans savoir encore ce qu'était l'amour : « Je suis trop laide, il ne fera pas attention à moi. »

Eugénie Grandet, 1833.

Emma Bovary par Gustave Flaubert

Le portrait physique d'Emma tient en quelques touches posées au début du roman dans la scène de sa rencontre avec Charles Bovary, le médecin venu soigner son père. Le regard attentif du praticien remarque « la blancheur de ses ongles », « brillants, fins du bout, plus nettoyés que les ivoires de Dieppe, et taillés en amande ». Il retient surtout la beauté de ses yeux bruns, qui « semblaient noirs à cause des cils » et son regard d'une « hardiesse candide ». Des cheveux noirs, coiffés en bandeaux, « avec un mouvement ondé vers les tempes, que le médecin de campagne remarqua là pour la première fois de sa vie ». Des « pommettes roses », des « lèvres charnues » : le lecteur n'en aura pas plus pour construire l'image de la jeune femme qui va bientôt devenir « madame Bovary », dès que Charles sera devenu veuf. Éduquée au couvent, elle a un tempérament romanesque, influencé par des lectures qui lui font miroiter une vie exaltante. Elle s'ennuie vite auprès d'un mari falot. Leur installation dans le gros bourg d'Yonville s'avère décevante pour Emma, qui n'a pas davantage trouvé de bonheur dans la naissance de sa fille Berthe, confiée à une nourrice. Elle aura deux liaisons, l'une avec Rodolphe, un hobereau des environs, tôt lassé, l'autre avec Léon, un clerc de notaire avec lequel elle connaît une période de bonheur sentimental et sensuel, concentré dans les jeudis où ils se retrouvent à Rouen. Dans son euphorie, elle accumule les dettes pour être élégante et tombe sous la coupe d'un usurier qui exige bientôt le remboursement d'une somme exorbitante. Affolée par la saisie annoncée des biens de son ménage, elle dérobe une fiole d'arsenic chez le pharmacien et s'empoisonne. Elle meurt dans d'atroces souffrances, sous les yeux de son mari. Roman de l'adultère comme solution à l'ennui provincial, de la frustration sentimentale et sociale, Madame Bovary *consacre le talent de Flaubert en maître du roman réaliste. Il a fait de son héroïne le parangon de la femme mariée infidèle par ennui, dont l'imagination nourrie de lectures sentimentales exacerbe une sensualité qui la conduit à la ruine et au suicide.*

Paul Gauguin, *Portrait de Madeleine Bernard*, 1888, huile sur toile. ▶

Il y avait au couvent une vieille fille qui venait tous les mois, pendant huit jours, travailler à la lingerie. Protégée par l'archevêché comme appartenant à une ancienne famille de gentilshommes ruinés sous la Révolution, elle mangeait au réfectoire à la table des bonnes sœurs, et faisait avec elles, après le repas, un petit bout de causette avant de remonter à son ouvrage. Souvent les pensionnaires s'échappaient de l'étude pour l'aller voir. Elle savait par cœur des chansons galantes du siècle passé, qu'elle chantait à demi-voix, tout en poussant son aiguille. Elle contait des histoires, vous apprenait des nouvelles, faisait en ville vos commissions, et prêtait aux grandes, en cachette, quelque roman qu'elle avait toujours dans les poches de son tablier, et dont la bonne demoiselle elle-même avalait de longs chapitres, dans les intervalles de sa besogne. Ce n'étaient qu'amours, amants, amantes, dames persécutées s'évanouissant dans des pavillons solitaires, postillons qu'on tue à tous les relais, chevaux qu'on crève à toutes les pages, forêts sombres, troubles du cœur, serments, sanglots, larmes et baisers, nacelles au clair de lune, rossignols dans les bosquets, messieurs braves comme des lions, doux comme des agneaux, vertueux comme on ne l'est pas, toujours bien mis, et qui pleurent comme des urnes. Pendant six mois, à quinze ans, Emma se graissa donc les mains à cette poussière des vieux cabinets de lecture. Avec Walter Scott, plus tard, elle s'éprit de choses historiques, rêva bahuts, salle des gardes et ménestrels. Elle aurait voulu vivre dans quelque vieux manoir, comme ces châtelaines au long corsage, qui, sous le trèfle des ogives, passaient leurs jours, le coude sur la pierre et le menton dans la main, à regarder venir du fond de la campagne un cavalier à plume blanche qui galope sur un cheval noir. Elle eut dans ce temps-là le culte de Marie Stuart, et des vénérations enthousiastes à l'endroit des femmes illustres ou infortunées. Jeanne d'Arc, Héloïse, Agnès Sorel, la belle Ferronnière et Clémence Isaure, pour elle, se détachaient comme des comètes sur l'immensité ténébreuse de l'histoire, où saillissaient encore çà et là, mais plus perdus dans l'ombre et sans aucun rapport entre eux, saint Louis avec son chêne, Bayard mourant, quelques férocités de Louis XI, un peu de Saint-Barthélemy, le panache du Béarnais, et toujours le souvenir des assiettes peintes où Louis XIV était vanté.

À la classe de musique, dans les romances qu'elle chantait, il n'était question que de petits anges aux ailes d'or, de madones, de lagunes, de gondoliers, pacifiques compositions qui lui laissaient entrevoir, à travers la niaiserie du style et les imprudences de la note, l'attirante fantasmagorie des réalités sentimentales. Quelques-unes de ses camarades apportaient au couvent les keepsakes qu'elles avaient reçus en étrennes. Il les fallait cacher, c'était une affaire ; on les lisait au dortoir. Maniant délicatement leurs belles reliures de satin, Emma fixait ses regards éblouis sur le nom des auteurs inconnus qui avaient signé, le plus souvent, comtes ou vicomtes, au bas de leurs pièces.

Elle frémissait, en soulevant de son haleine le papier de soie des gravures, qui se levait à demi plié et retombait doucement contre la page. C'était, derrière la balustrade d'un balcon, un jeune homme en court manteau qui serrait dans ses bras une jeune fille en robe blanche, portant une aumônière à sa ceinture ; ou bien les portraits anonymes des ladies anglaises à boucles blondes qui, sous leur chapeau de paille rond, vous regardent avec leurs grands yeux clairs. On en voyait d'étalées dans des voitures, glissant au milieu des parcs, où un lévrier sautait devant l'attelage que conduisaient au trot deux petits postillons en culotte blanche. D'autres, rêvant sur des sofas près d'un billet décacheté, contemplaient la lune, par la fenêtre entr'ouverte, à demi drapée d'un rideau noir. Les naïves, une larme sur la joue, becquetaient une tourterelle à travers les barreaux d'une cage gothique, ou, souriant la tête sur l'épaule, effeuillaient une marguerite de leurs doigts pointus, retroussés comme des souliers à la poulaine. Et vous y étiez aussi, sultans à longues pipes, pâmés sous des tonnelles, aux bras des bayadères, djiaours, sabres turcs, bonnets grecs, et vous surtout, paysages blafards des contrées dithyrambiques, qui souvent nous montrez à la fois des palmiers, des sapins, des tigres à droite, un lion à gauche, des minarets tartares à l'horizon, au premier plan des ruines romaines, puis des chameaux accroupis ; – le tout encadré d'une forêt vierge bien nettoyée, et avec un grand rayon de soleil perpendiculaire tremblotant dans l'eau, où se détachent en écorchures blanches, sur un fond d'acier gris, de loin en loin, des cygnes qui nagent.

Et l'abat-jour du quinquet, accroché dans la muraille au-dessus de la tête d'Emma, éclairait tous ces tableaux du monde, qui passaient devant elle les uns après les autres, dans le silence du dortoir et au bruit lointain de quelque fiacre attardé qui roulait encore sur les boulevards.

Madame Bovary, 1856.

Les rebelles

La Femme et Citoyenne par Olympe de Gouges

Olympe de Gouges est une figure emblématique du féminisme pendant la période de la Révolution. Veuve à dix-huit ans, elle quitte sa ville natale de Montauban pour mener à Paris la vie de femme de lettres. Elle est l'auteur d'une quinzaine de pièces de théâtre, notamment Zamore et Mirza ou l'Esclavage des Noirs, *jouée à la Comédie française en 1785, une audacieuse utopie anti-esclavagiste qui heurte les intérêts des nantis, nobles et bourgeois, compromis et enrichis dans l'odieux trafic triangulaire. À partir de 1788, elle publie de nombreux écrits politiques dans lesquels elle défend des positions modérées proches des Girondins et milite courageusement pour l'abolition de l'esclavage dans les colonies. En 1793, son activisme en faveur d'un scrutin ouvert au choix d'un nouveau système de gouvernement, son opposition aux excès de Robespierre et de ses comparses jacobins la conduisent à sa perte. Jugée le 2 novembre, deux jours après l'exécution de ses amis Girondins, elle est interrogée sommairement. Privée d'avocat, elle se défend avec adresse mais n'échappe pas à la condamnation à mort pour avoir tenté, dans ses écrits, de rétablir un gouvernement autre qu'une république « une et indivisible ». Sa* Déclaration des droits de la femme et de la citoyenne, *rédigée en 1791, sous l'apparence d'une transposition féministe de la* Déclaration *de 1789, est une authentique revendication d'une égalité radicale entre hommes et femmes. D'une audace inouïe face aux préjugés de l'époque, elle préfigure de très lointaines conquêtes pour les Françaises, telle celle du droit de vote en 1944, et son principe fondamental d'égalité entre les femmes et les hommes ne sera inscrit dans la Constitution qu'en 1946.*

Les Droits de la Femme

Homme, es-tu capable d'être juste ? C'est une femme qui t'en fait la question ; tu ne lui ôteras pas du moins ce droit. Dis-moi ? Qui t'a donné le souverain empire d'opprimer mon sexe ? Ta force ? Tes talents ? Observe le créateur dans sa sagesse ; parcours la nature dans toute sa grandeur, dont tu sembles vouloir te rapprocher, et donne-moi, si tu l'oses, l'exemple de cet empire tyrannique.

Remonte aux animaux, consulte les éléments, étudie les végétaux, jette enfin un coup d'œil sur toutes les modifications de la matière organisée ; et rends-toi à l'évidence quand je t'en offre les moyens ; cherche, fouille et distingue, si tu peux, les sexes dans l'administration de la nature. Partout tu les trouveras confondus, partout ils coopèrent avec un ensemble harmonieux à ce chef-d'œuvre immortel.

L'homme seul s'est fagoté un principe de cette exception. Bizarre, aveugle, boursouflé de sciences et dégénéré, dans ce siècle de Lumières et de sagacité, dans l'ignorance la plus crasse, il veut commander en despote sur un sexe qui a reçu toutes les facultés intellectuelles ; il prétend jouir de la Révolution, et réclamer ses droits à l'égalité, pour ne rien dire de plus.

◀ Eugène Delacroix, *La Liberté guidant le peuple*, détail, 1830, huile sur toile.

Déclaration des Droits de la Femme et de la Citoyenne

À décréter par l'Assemblée nationale
dans ses dernières séances
ou dans celle de la prochaine législature.

PRÉAMBULE

Les mères, les filles, les sœurs, représentantes de la nation, demandent d'être constituées en Assemblée nationale. Considérant que l'ignorance, l'oubli ou le mépris des droits de la femme, sont les seules causes des malheurs publics et de la corruption des gouvernements, ont résolu d'exposer dans une déclaration solennelle, les droits naturels, inaliénables et sacrés de la femme, afin que cette déclaration, constamment présente à tous les membres du corps social, leur rappelle sans cesse leurs droits et leurs devoirs, afin que les actes du pouvoir des femmes, et ceux du pouvoir des hommes pouvant être à chaque instant comparés avec le but de toute institution politique, en soient plus respectés, afin que les réclamations des citoyennes, fondées désormais sur des principes simples et incontestables, tournent toujours au maintien de la constitution, des bonnes mœurs, et au bonheur de tous.

En conséquence, le sexe supérieur en beauté comme en courage, dans les souffrances maternelles, reconnaît et déclare, en présence et sous les auspices de l'Être suprême, les Droits suivants de la Femme et de la Citoyenne.

ARTICLE IER

La Femme naît libre et demeure égale à l'homme en droits. Les distinctions sociales ne peuvent être fondées que sur l'utilité commune.

II

Le but de toute association politique est la conservation des droits naturels et imprescriptibles de la Femme et de l'Homme : ces droits sont la liberté, la propriété, la sûreté, et surtout la résistance à l'oppression.

III

Le principe de toute souveraineté réside essentiellement dans la Nation, qui n'est que la réunion de la Femme et de l'Homme : nul corps, nul individu, ne peut exercer d'autorité qui n'en émane expressément.

IV

La liberté et la justice consistent à rendre tout ce qui appartient à autrui ; ainsi l'exercice des droits naturels de la femme n'a de bornes que la tyrannie perpétuelle que l'homme lui oppose ; ces bornes doivent être réformées par les lois de la nature et de la raison.

V

Les lois de la nature et de la raison défendent toutes actions nuisibles à la société : tout ce qui n'est pas défendu par ces lois, sages et divines, ne peut être empêché, et nul ne peut être contraint à faire ce qu'elles n'ordonnent pas.

VI

La Loi doit être l'expression de la volonté générale ; toutes les Citoyennes et Citoyens doivent concourir personnellement, ou par leurs représentants, à sa formation ; elle doit être la même pour tous : toutes les Citoyennes et tous les Citoyens, étant égaux à ses yeux, doivent être également admissibles à toutes dignités, places et emplois publics, selon leurs capacités, et sans autres distinctions que celles de leurs vertus et de leurs talents.

VII

Nulle femme n'est exceptée ; elle est accusée, arrêtée, et détenue dans les cas déterminés par la Loi. Les femmes obéissent comme les hommes à cette Loi rigoureuse.

VIII

La Loi ne doit établir que des peines strictement et évidemment nécessaires, et nul ne peut être puni qu'en vertu d'une Loi établie et promulguée antérieurement au délit et légalement appliquée aux femmes.

IX

Toute femme étant déclarée coupable, toute rigueur est exercée par la Loi.

X

Nul ne doit être inquiété pour ses opinions mêmes fondamentales, la femme a le droit de monter sur l'échafaud ; elle doit avoir également celui de monter à la Tribune ; pourvu que ses manifestations ne troublent pas l'ordre public établi par la Loi.

XI

La libre communication des pensées et des opinions est un des droits les plus précieux de la femme, puisque cette liberté assure la légitimité des pères envers les enfants. Toute Citoyenne peut donc dire librement, je suis mère d'un enfant qui vous appartient, sans qu'un préjugé barbare la force à dissimuler la vérité ; sauf à répondre de l'abus de cette liberté dans les cas déterminés par la Loi.

XII

La garantie des droits de la femme et de la Citoyenne nécessite une utilité majeure ; cette garantie doit être instituée pour l'avantage de tous, et non pour l'utilité particulière de celles à qui elle est confiée.

XIII

Pour l'entretien de la force publique, et pour les dépenses d'administration, les contributions de la femme et de l'homme sont égales ; elle a part à toutes les corvées, à toutes les tâches pénibles ; elle doit donc avoir de même part à la distribution des places, des emplois, des charges, des dignités et de l'industrie.

XIV

Les Citoyennes et Citoyens ont le droit de constater par eux-mêmes ou par leurs représentants, la nécessité de la contribution publique. Les Citoyennes ne peuvent y adhérer que par l'admission d'un partage égal, non seulement dans la fortune, mais encore dans l'administration publique, et de déterminer la quotité, l'assiette, le recouvrement et la durée de l'impôt.

XV

La masse des femmes, coalisée pour la contribution à celle des hommes, a le droit de demander compte, à tout agent public, de son administration.

XVI

Toute société, dans laquelle la garantie des droits n'est pas assurée, ni la séparation des pouvoirs déterminée, n'a point de constitution ; la constitution est nulle, si la majorité des individus qui composent la Nation, n'a pas coopéré à sa rédaction.

XVII

Les propriétés sont à tous les sexes réunis ou séparés ; elles ont pour chacun un droit inviolable et sacré ; nul ne peut en être privé comme vrai patrimoine de la nature, si ce n'est lorsque la nécessité publique, légalement constatée, l'exige évidemment, et sous la condition d'une juste et préalable indemnité.

Déclaration des droits de la femme et de la citoyenne, 1791.

Fadette par George Sand

Fadette est l'héroïne de l'un des « romans champêtres » qui constituent la réussite littéraire majeure de George Sand. Les premiers chapitres exposent l'extraordinaire affection qui unit les jumeaux Sylvinet et Landry Barbeau, les « bessons » de la Bessonnière. Sylvinet a le cœur brisé quand, à quinze ans, son frère est placé dans une ferme du voisinage. Un dimanche, par dépit, Sylvinet quitte la maison avant son arrivée pour sa visite hebdomadaire. Gagné, comme sa mère, par l'inquiétude, Landry craint que son frère ne soit allé se noyer dans la « coupure », une retenue d'eau où ils avaient coutume de jouer. Il le cherche partout, sollicite même - en vain - l'aide de la mère Fadet, une vieille voisine à la réputation de sorcière. C'est ici qu'apparaît le personnage de Fadette, sa petite-fille, véritable petit démon de la campagne, sauvageonne espiègle qui a la fière indépendance des êtres instinctifs. Son portrait tout en nuances, alliant avec bonheur éléments d'onomastique et comparaisons animalières, la rendent d'emblée très attachante. Entre moqueries et coup de poing esquivé, la scène de rencontre entre Fadette et Landry ne présage pas de l'idylle qui va se nouer entre les deux adolescents. Par amour pour Landry, dont le père s'oppose à une mésalliance, la sauvageonne se métamorphosera en une jeune fille soignée, travailleuse, qui, sans rien perdre de sa verve de lutin malicieux, saura vaincre l'adversité sociale pour que son histoire se termine en conte de fées par un heureux mariage.

Landry, qui était un peu fier de son naturel, se serait peut-être plaint ou fâché dans un autre moment ; mais il était si accablé qu'il ne dit mot et s'en retourna du côté de la coupure, décidé à se mettre à l'eau, bien qu'il ne sût encore plonger ni nager. Mais, comme il marchait la tête basse et les yeux fichés en terre, il sentit quelqu'un qui lui tapait l'épaule, et se retournant il vit la petite-fille de la mère Fadet, qu'on appelait dans le pays la petite Fadette, autant pour ce que c'était son nom de famille que pour ce qu'on voulait qu'elle fût un peu sorcière aussi. Vous savez tous que le fadet ou le farfadet, qu'en d'autres endroits on appelle aussi le follet, est un lutin fort gentil, mais un peu malicieux. On appelle aussi fades les fées auxquelles, du côté de chez nous, on ne croit plus guère. Mais que cela voulût dire une petite fée, ou la femelle du lutin, chacun en la voyant s'imaginait voir le follet, tant elle était petite, maigre, ébouriffée et hardie. C'était un enfant très causeur et très moqueur, vif comme un papillon, curieux comme un rouge-gorge et noir comme un grelet.

Et quand je mets la petite Fadette en comparaison avec un grelet, c'est vous dire qu'elle n'était pas belle, car ce pauvre petit cricri des champs est encore plus laid que celui des cheminées. Pourtant, si vous vous souvenez d'avoir été enfant et d'avoir joué avec lui en le faisant enrager et crier dans votre sabot, vous devez savoir qu'il a une petite figure qui n'est pas sotte, et qui donne plus envie de rire que de se fâcher : aussi les enfants de la Cosse, qui ne sont pas plus bêtes que d'autres, et qui, aussi bien que les autres, observent les ressemblances et trouvent les comparaisons, appelaient-ils la petite Fadette le grelet, quand ils voulaient la faire enrager, mêmement quelquefois par manière d'amitié, car en la craignant un peu pour sa malice, ils ne la détestaient point, à cause qu'elle leur faisait toutes sortes de contes et leur apprenait toujours des jeux nouveaux qu'elle avait l'esprit d'inventer.

Mais tous ses noms et surnoms me feraient bien oublier celui qu'elle avait reçu au baptême et que vous auriez peut-être plus tard envie de savoir. Elle s'appelait Françoise ; c'est pourquoi sa grand-mère, qui n'aimait point à changer les noms, l'appelait toujours Fanchon.

Comme il y avait depuis longtemps une pique entre les gens de la Bessonnière et la mère Fadet, les bessons ne parlaient pas beaucoup à la petite Fadette, mêmement ils avaient comme un éloignement pour elle, et n'avaient jamais bien volontiers joué avec elle, ni avec son petit frère, le sauteriot, qui était encore plus sec et plus malin qu'elle, et qui était toujours pendu à son côté, se fâchant quand elle courait sans l'attendre, essayant de lui jeter des pierres quand elle

▲ George Clausen, *Evening Song*, 1893, huile sur toile.

se moquait de lui, enrageant plus qu'il n'était gros et la faisant enrager plus qu'elle ne voulait, car elle était d'humeur gaie et portée à rire de tout. Mais il y avait une telle idée sur le compte de la mère Fadet, que certains, et notamment ceux du père Barbeau, s'imaginaient que le grelet et le sauteriot, ou, si vous l'aimez mieux, le grillon et la sauterelle, leur porteraient malheur s'ils faisaient amitié avec eux. Ça n'empêchait point ces deux enfants de leur parler, car ils n'étaient point honteux, et la petite Fadette ne manquait d'accoster les bessons de la Bessonnière, par toutes sortes de drôleries et de sornettes, du plus loin qu'elle les voyait venir de son côté.

Adoncques le pauvre Landry, en se retournant, un peu ennuyé du coup qu'il venait de recevoir à l'épaule, vit la petite Fadette, et, pas loin derrière elle, Jeanet le sauteriot, qui la suivait en clopant, vu qu'il était ébiganché et mal jambé de naissance.

D'abord Landry voulut ne pas faire attention et continuer son chemin, car il n'était point en humeur de rire, mais la Fadette lui dit, en récidivant sur son autre épaule : « Au loup ! au loup ! Le vilain besson, moitié de gars qui a perdu son autre moitié ! »

Là-dessus Landry, qui n'était pas plus en train d'être insulté que d'être taquiné, se retourna derechef et allongea à la petite Fadette un coup de poing qu'elle eût bien senti si elle ne l'eût esquivé, car le besson allait sur ses quinze ans, et il n'était pas manchot ; et elle, qui allait sur ses quatorze, et si menue et si petite, qu'on ne lui en eût pas donné douze, et qu'à la voir on eût cru qu'elle allait se casser, pour peu qu'on y touchât.

Mais elle était trop avisée et trop alerte pour attendre les coups, et ce qu'elle perdait en force dans les jeux de mains, elle le gagnait en vitesse et en traîtrise. Elle sauta de côté si à point, que pour bien peu Landry aurait été donner du poing et du nez dans un gros arbre qui se trouvait entre eux.

« Méchant grelet, lui dit alors le pauvre besson tout en colère, il faut que tu n'aies pas de cœur pour venir agacer un quelqu'un qui est dans la peine comme j'y suis. Il y a longtemps que tu veux m'émalicer en m'appelant moitié de garçon. J'ai bien envie aujourd'hui de vous casser en quatre, toi et ton vilain sauteriot, pour voir si, à vous deux, vous ferez le quart de quelque chose de bon.

– Oui-da, le beau besson de la Bessonnière, seigneur de la Joncière au bord de la rivière, répondit la petite Fadette en ricanant toujours, vous êtes bien sot de vous mettre mal avec moi qui venais vous donner des nouvelles de votre besson et vous dire où vous le retrouverez.

– Ça, c'est différent, reprit Landry en s'apaisant bien vite ; si tu le sais, Fadette, dis-le-moi, et j'en serai content. »

La Petite Fadette, 1849.

Renée Néré par Colette

La narratrice de La Vagabonde, *Renée Néré, est, selon des termes qu'on lui inflige « une femme de lettres qui a mal tourné ». Romancière, humiliée par un mari qui la trompait effrontément, elle a repris sa liberté et gagne désormais sa vie en se produisant comme mime dans les spectacles de music-hall. Dans sa nouvelle vie, il lui reste un vieil « ami », le peintre Hamond, son soutien et son confident. Il y a des « camarades », Brague, son comparse de pantomime, et tous les artistes – mimes, acrobates, chanteurs et chanteuses – dont elle partage le quotidien excitant et difficile. Enfin, il y a « les hommes ». Elle les fuit obstinément depuis trois ans, tout en suscitant leur intérêt dans les spectacles où sa grâce et sa sensualité transparaissent à peine voilées. Parmi ses admirateurs assidus, l'amour ardent et respectueux de Max, un jeune bourgeois oisif et fortuné, finit par toucher son cœur. Renée se veut libre, elle fuit l'amour qui emprisonne, mais elle a besoin d'amour qui rassure.* La Vagabonde *retrace les péripéties de ce débat intérieur d'une jeune femme de trente-quatre ans, ressemblant trait pour trait à Colette, qui a, comme son personnage, connu les émois d'un premier amour, les souffrances d'un mariage rompu par l'infidélité et l'enthousiasme courageux d'un nouveau métier dans un nouveau milieu. Dans l'extrait ci-dessous, sorte d'autoportrait au miroir, on reconnaît sans peine la figure de « renard gai » de Colette qui redit, dans un moment de doute profond, sa passion, un temps contrariée, pour l'écriture.*

Ah ! quelle laide soirée de décembre ! Le calorifère sent l'iodoforme. Blandine a oublié de mettre la boule d'eau chaude dans le lit, et ma chienne elle-même, mal lunée, grincheuse, frileuse, me jette tout juste un regard noir et blanc, sans quitter sa corbeille. Mon Dieu ! je ne réclame pas d'arcs de triomphe, ni d'illuminations, mais tout de même...

Oh, je peux chercher partout, dans les coins, et sous le lit, il n'y a personne ici, personne que moi. Le grand miroir de ma chambre ne me renvoie plus l'image maquillée d'une bohémienne pour music-hall, il ne reflète... que moi.

Me voilà donc, telle que je suis. Je n'échapperai pas, ce soir, à la rencontre du long miroir, au soliloque cent fois esquivé, accepté, fui, repris et rompu... Hélas, je sens d'avance la vanité de toute dispersion. Ce soir, je n'aurai pas sommeil, et le charme du livre, – oh ! le livre nouveau, le livre tout frais dont le parfum d'encre humide et de papier neuf évoque celui de la houille, des locomotives, des départs ! – le charme du livre ne me détournera pas de moi...

Me voilà donc, telle que je suis ! Seule, seule, et pour la vie entière sans doute. Déjà seule ! C'est bien tôt. J'ai franchi, sans m'en croire humiliée, la trentaine ; car ce visage-ci, le mien, ne vaut que par l'expression qui l'anime, et la couleur du regard, et le sourire défiant qui s'y joue, ce que Marinetti appelle ma *gaiezza volpina*... Renard sans malice, qu'une poule aurait su prendre ! Renard sans convoitise, qui ne se souvient que du piège et de la cage... Renard gai, oui, mais parce que les coins de sa bouche et de ses yeux dessinent un sourire involontaire... Renard las d'avoir dansé, captif, au son de la musique...

C'est pourtant vrai que je ressemble à un renard ! Mais un joli renard fin, ce n'est pas laid, n'est-ce pas ?... Brague dit aussi que j'ai l'air d'un rat, quand je mets ma bouche en pointe, en clignant des paupières pour y voir mieux... Il n'y a pas de quoi me fâcher.

Ah, que je n'aime pas me voir cette bouche découragée et ces épaules veules, et tout ce corps morne qui se repose de travers, sur une seule jambe... Voilà des cheveux pleureurs, défrisés, qu'il faut tout à l'heure brosser longtemps pour leur rendre leur couleur de castor brillant. Voilà des yeux qui gardent un cerne de crayon bleu, et des ongles où le rouge a laissé une ligne douteuse... Je ne m'en tirerai pas à moins de cinquante bonnes minutes de bain et de pansage...

Il est déjà une heure... Qu'est-ce que j'attends ? Un petit coup de fouet, bien cinglant, pour faire repartir la bête butée... Mais personne ne me le donnera, puisque... puisque je suis toute seule ! Comme on voit bien, dans ce long cadre qui étreint mon image, que j'ai déjà l'habitude de vivre seule !

Pour un visiteur indifférent, pour un fournisseur, même pour Blandine, ma femme de chambre, je redresserais cette nuque qui flanche, cette hanche qui se repose de travers, je nouerais l'une à l'autre ces mains vides... Mais cette nuit, je suis si seule...

Seule ! J'ai l'air de m'en plaindre, vraiment !

« Si tu vis toute seule, m'a dit Brague, c'est parce que tu le veux bien, n'est-ce pas ? »

Certes, je le veux « bien », et même je le veux tout court. Seulement, voilà... il y a des jours où la solitude, pour un être de mon âge, est un vin grisant qui vous saoule de liberté, et d'autres jours où c'est un tonique amer, et d'autres jours où c'est un poison qui vous jette la tête aux murs.

Ce soir, je voudrais bien ne pas choisir. Je voudrais me contenter d'hésiter, et ne pas pouvoir dire si le frisson qui me prendra, en glissant entre mes draps froids, sera de peur ou d'aise.

Seule... et depuis longtemps. Car je cède maintenant à l'habitude du soliloque, de la conversation avec la chienne, le feu, avec mon image... C'est une manie qui vient aux reclus, aux vieux prisonniers ; mais, moi,

je suis libre… Et, si je me parle en dedans, c'est par besoin littéraire de rythmer, de rédiger ma pensée.

J'ai devant moi, de l'autre côté du miroir, dans la mystérieuse chambre des reflets, l'image d'« une femme de lettres qui a mal tourné ». On dit aussi de moi que « je fais du théâtre », mais on ne m'appelle jamais actrice. Pourquoi ? Nuance subtile, refus poli, de la part du public et de mes amis eux-mêmes, de me donner un grade dans cette carrière que j'ai pourtant choisie… Une femme de lettres qui a mal tourné : voilà ce que je dois, pour tous, demeurer, moi qui n'écris plus, moi qui me refuse le plaisir, le luxe d'écrire…

Écrire, pouvoir écrire ! Cela signifie la longue rêverie devant la feuille blanche, le griffonnage inconscient, les jeux de la plume qui tourne en rond autour d'une tache d'encre, qui mordille le mot imparfait, le griffe, le hérisse de fléchettes, l'orne d'antennes, de pattes, jusqu'à ce qu'il perde sa figure lisible de mot, mué en insecte fantastique, envolé de papillon-fée…

Écrire… C'est le regard accroché, hypnotisé par le reflet de la fenêtre dans l'encrier d'argent, la fierté divine qui monte aux joues, au front, tandis qu'une bienheureuse mort glace sur le papier la main qui écrit. Cela veut dire aussi l'oubli de l'heure, la paresse au creux du divan, la débauche d'invention d'où l'on sort courbatu, abêti, mais déjà récompensé, et porteur de trésors qu'on décharge lentement sur la feuille vierge, dans le petit cirque de lumière qui s'abrite sous la lampe.

Écrire ! Verser avec rage toute la sincérité de soi sur le papier tentateur, si vite, si vite que parfois la main lutte et renâcle, surmenée par le dieu impatient qui la guide… et retrouver, le lendemain, à la place du rameau d'or, miraculeusement éclos en une heure flamboyante, une ronce sèche, une fleur avortée…

Écrire ! Plaisir et souffrance d'oisifs ! Écrire !… J'éprouve bien, de loin en loin, le besoin, vif comme la soif en été, de noter, de peindre… Je prends encore la plume, pour commencer le jeu périlleux et décevant, pour saisir et fixer, sous la pointe double et ployante, le chatoyant, le fugace, le passionnant adjectif… Ce n'est qu'une courte crise, la démangeaison d'une cicatrice…

Il faut trop de temps pour écrire ! Et puis, je ne suis pas Balzac, moi… Le conte fragile que j'édifie s'émiette quand le fournisseur sonne, quand le bottier présente sa facture, quand l'avoué téléphone, et l'avocat, quand l'agent théâtral me mande à son bureau pour « un cachet en ville chez des gens tout ce qu'il y a de bien, mais qui n'ont pas pour habitude de payer les prix forts »…

Or, depuis que je vis seule, il a fallu vivre d'abord, divorcer ensuite, et puis continuer à vivre… Tout cela demande une activité, un entêtement incroyables… Et pour arriver où ? N'y a-t-il point pour moi d'autre havre que cette chambre banale, en Louis XVI de camelote, d'autre halte que ce miroir infranchissable où je me bute, front contre front ?…

Demain, c'est dimanche : matinée et soirée à l'Empyrée-Clichy. Deux heures, déjà !… C'est l'heure de dormir, pour une femme de lettres qui a mal tourné.

La Vagabonde, 1910.

◀ Émilie Charmy, *Colette*, 1921, huile sur toile.

Albertine par Marcel Proust

À la recherche du temps perdu *est une suite romanesque en sept volumes, dans laquelle Marcel Proust transpose son propre passé de jeune homme oisif, observateur pénétrant des mœurs de la haute société parisienne. Parmi les centaines de personnages qui peuplent l'univers proustien, Albertine occupe une place centrale. Absente du premier volume,* Du côté de chez Swann, *qui évoque les émois de l'enfance, Albertine apparaît dans le second,* À l'ombre des jeunes filles en fleurs, *qui obtient le prix Goncourt et fait connaître à son auteur une gloire littéraire qui ne se démentira plus. Dans l'extrait ci-dessous, le narrateur fait un séjour estival à Balbec, ville imaginaire de la côte normande, en compagnie de sa grand-mère. Libéré d'un premier amour déçu, il reporte toute son attention dans l'observation de la société chic des touristes. Parmi la « petite bande » des « jeunes filles en fleurs » de Balbec, apparues sur la digue, Albertine Simonet a d'emblée attiré son regard : c'est une brune aux yeux verts, rieurs, aux grosses joues, poussant devant elle sa bicyclette et s'exprimant dans une langue corsée de termes d'argot. Effrontée, frivole et dure, mais pleine de souplesse et d'élégance physique, grâce à ses habitudes sportives, c'est une fille moderne. Le narrateur fait sa connaissance dans l'atelier du peintre Elstir, à Balbec. La relation amoureuse qu'il nouera avec elle traverse les cinq volumes de la* Recherche *qui vont suivre, relation chaotique marquée par la jalousie et le soupçon. Tour à tour prisonnière, fugitive et morte, Albertine revêt dans la* Recherche *une portée symbolique : infidèle et lesbienne, elle n'est pas, finalement, la jeune fille en fleur à laquelle le narrateur a jadis tant rêvé. Elle est aussi l'incarnation symbolique de la double existence de son créateur.*

Elstir et moi nous étions allés jusqu'au fond de l'atelier, devant la fenêtre qui donnait derrière le jardin sur une étroite avenue de traverse, presque un petit chemin rustique. Nous étions venus là pour respirer l'air rafraîchi de l'après-midi plus avancé. Je me croyais bien loin des jeunes filles de la petite bande et c'est en sacrifiant pour une fois l'espérance de les voir, que j'avais fini par obéir à la prière de ma grand-mère et aller voir Elstir. Car où se trouve ce qu'on cherche on ne le sait pas, et on fuit souvent pendant bien longtemps le lieu où, pour d'autres raisons, chacun nous invite. Mais nous ne soupçonnons pas que nous y verrions justement l'être auquel nous pensons. Je regardais vaguement le chemin campagnard qui, extérieur à l'atelier, passait tout près de lui mais n'appartenait pas à Elstir. Tout à coup y apparut, le suivant à pas rapides, la jeune cycliste de la petite bande avec, sur ses cheveux noirs, son polo abaissé vers ses grosses joues, ses yeux gais et un peu insistants ; et dans ce sentier fortuné miraculeusement rempli de douces promesses, je la vis sous les arbres adresser à Elstir un salut souriant d'amie, arc-en-ciel qui unit pour moi notre monde terraqué à des régions que j'avais jugées jusque-là inaccessibles. Elle s'approcha même pour tendre la main au peintre, sans s'arrêter, et je vis qu'elle avait un petit grain de beauté au menton.

« Vous connaissez cette jeune fille, monsieur ? » dis-je à Elstir, comprenant qu'il pourrait me présenter à elle, l'inviter chez lui.

Et cet atelier paisible avec son horizon rural s'était rempli d'un surcroît délicieux, comme il arrive d'une maison où un enfant se plaisait déjà et où il apprend que, en plus, de par la générosité qu'ont les belles choses et les nobles gens à accroître indéfiniment leurs dons, se prépare pour lui un magnifique goûter. Elstir me dit qu'elle s'appelait Albertine Simonet et me nomma aussi ses autres amies que je lui décrivis avec assez d'exactitude pour qu'il n'eût guère d'hésitation. J'avais commis à l'égard de leur situation sociale une erreur, mais pas dans le même sens que d'habitude à Balbec. J'y prenais facilement pour des princes des fils de boutiquiers montant à cheval. Cette fois j'avais situé dans un milieu interlope des filles d'une petite bourgeoisie fort riche, du monde de l'industrie et des affaires. C'était celui qui, de prime abord, m'intéressait le moins, n'ayant pour moi le mystère ni du peuple, ni d'une société comme celle des Guermantes. Et sans doute si un prestige préalable, qu'elles ne perdraient plus, ne leur avait été conféré, devant mes

▲ Tamara de Lempicka, *Portrait de la duchesse de Valmy*, 1924, huile sur toile.

yeux éblouis, par la vacuité éclatante de la vie de plage, je ne serais peut-être pas arrivé à lutter victorieusement contre l'idée qu'elles étaient les filles de gros négociants. Je ne pus qu'admirer combien la bourgeoisie française était un atelier merveilleux de sculpture la plus généreuse et la plus variée. Que de types imprévus, quelle invention dans le caractère des visages, quelle décision, quelle fraîcheur, quelle naïveté dans les traits ! Les vieux bourgeois avares d'où étaient issues ces Dianes et ces nymphes me semblaient les plus grands des statuaires. Avant que j'eusse eu le temps de m'apercevoir de la métamorphose sociale de ces jeunes filles, et tant ces découvertes d'une erreur, ces modifications de la notion qu'on a d'une personne ont l'instantanéité d'une réaction chimique, s'était déjà installée derrière le visage d'un genre si voyou de ces jeunes filles que j'avais prises pour des maîtresses de coureurs cyclistes, de champions de boxe, l'idée qu'elles pouvaient très bien être liées avec la famille de tel notaire que nous connaissions. Je ne savais guère ce qu'était Albertine Simonet. Elle ignorait certes ce qu'elle devait être un jour pour moi. Même ce nom de Simonet que j'avais déjà entendu sur la plage, si on m'avait demandé de l'écrire je l'aurais orthographié avec deux *n*, ne me doutant pas de l'importance que cette famille attachait à n'en posséder qu'un seul. Au fur et à mesure que l'on descend dans l'échelle sociale, le snobisme s'accroche à des riens qui ne sont peut-être pas plus nuls que les distinctions de l'aristocratie, mais qui plus obscurs, plus particuliers à chacun, surprennent davantage. Peut-être y avait-il eu des Simonet qui avaient fait de mauvaises affaires ou pis encore. Toujours est-il que les Simonet s'étaient, paraît-il, toujours irrités comme d'une calomnie quand on doublait leur *n*. Ils avaient l'air d'être les seuls Simonet avec un *n* au lieu de deux, avec autant de fierté peut-être que les Montmorency d'être les premiers barons de France. Je demandai à Elstir si ces jeunes filles habitaient Balbec, il me répondit oui pour certaines d'entre elles. La villa de l'une était précisément située tout au bout de la plage, là où commencent les falaises du Canapville. Comme cette jeune fille était une grande amie d'Albertine Simonet, ce me fut une raison de plus de croire que c'était bien cette dernière que j'avais rencontrée, quand j'étais avec ma grand-mère. Certes il y avait tant de ces petites rues perpendiculaires à la plage où elles faisaient un angle pareil, que je n'aurais pu spécifier exactement laquelle c'était. On voudrait avoir un souvenir exact mais au moment même la vision a été trouble. Pourtant qu'Albertine et cette jeune fille entrant chez son amie fussent une seule et même personne, c'était pratiquement une certitude. Malgré cela, tandis que les innombrables images que m'a présentées dans la suite la brune joueuse de golf, si différentes qu'elles soient les unes des autres, se superposent (parce que je sais qu'elles lui appartiennent toutes), et que si je remonte le fil de mes souvenirs, je peux, sous le couvert de cette identité et comme dans un chemin de communication intérieure, repasser par toutes ces images sans sortir d'une même personne, en revanche, si je veux remonter jusqu'à la jeune fille que je croisai le jour où j'étais avec ma grand-mère, il me faut ressortir à l'air libre. Je suis persuadé que c'est Albertine que je retrouve, la même que celle qui s'arrêtait souvent, au milieu de ses amies, dans sa promenade, dépassant l'horizon de la mer ; mais toutes ces images restent séparées de cette autre parce que je ne peux pas lui conférer rétrospectivement une identité qu'elle n'avait pas pour moi au moment où elle a frappé mes yeux ; quoi que puisse m'assurer le calcul des probabilités, cette jeune fille aux grosses joues qui me regarda si hardiment au coin de la petite rue et de la plage et par qui je crois que j'aurais pu être aimé, au sens strict du mot revoir, je ne l'ai jamais revue.

Mon hésitation entre les diverses jeunes filles de la petite bande, lesquelles gardaient toutes un peu du charme collectif qui m'avait d'abord troublé, s'ajouta-t-elle aussi à ces causes pour me laisser plus tard, même au temps de mon plus grand – de mon second – amour pour Albertine, une sorte de liberté intermittente, et bien brève, de ne l'aimer pas ? Pour avoir erré entre toutes ses amies avant de se porter définitivement sur elle, mon amour garda parfois entre lui et l'image d'Albertine certain « jeu » qui lui permettait, comme un éclairage mal adapté, de se poser sur d'autres avant de revenir s'appliquer à elle ; le rapport entre le mal que je ressentais au cœur et le souvenir d'Albertine ne me semblait pas nécessaire, j'aurais peut-être pu le coordonner avec l'image d'une autre personne. Ce qui me permettait, l'éclair d'un instant, de faire évanouir la réalité, non pas seulement la réalité extérieure comme dans mon amour pour Gilberte (que j'avais reconnu pour un état intérieur où je tirais de moi seul la qualité particulière, le caractère spécial de l'être que j'aimais, tout ce qui le rendait indispensable à mon bonheur), mais même la réalité intérieure et purement subjective.

« Il n'y a pas de jour qu'une ou l'autre d'entre elles ne passe devant l'atelier et n'entre me faire un bout de visite », me dit Elstir, me désespérant aussi par la pensée que si j'avais été le voir aussitôt que ma grand-mère m'avait demandé de le faire, j'eusse probablement, depuis longtemps déjà, fait la connaissance d'Albertine.

À l'ombre des jeunes filles en fleurs, 1919.

Elle par Marguerite Duras

L'Amant *est un roman d'inspiration autobiographique dont l'action se situe en Indochine, alors colonie française, en 1929. L'héroïne en est une adolescente française à la forte personnalité. Sa silhouette originale, feutre masculin et chaussures de bal, est fidèlement restituée par le film de Jean-Jacques Annaud, sorti en 1991. Elle vit à Sadec, sur la rive du Mékong, où sa mère est directrice d'école, et va au lycée à Saigon. Sur le bac assurant la traversée du fleuve, elle attire l'attention d'un riche Chinois, de douze ans son aîné, qui, éperdument amoureux d'elle, devient son amant. Le roman raconte cette liaison amoureuse qui brise les tabous de l'âge, de la condition sociale, de la race et de la famille. C'est le récit d'une initiation sexuelle et sentimentale et d'un amour impossible, car l'amant doit épouser une riche héritière chinoise de son rang et la jeune Française rejoindre la métropole avec sa famille. Minimalisme lexical, phrases courtes souvent répétitives, présent de l'indicatif favorisant l'imbrication du récit et du dialogue : les caractères originaux du style de Marguerite Duras laissent transparaître sa vocation pour l'écriture cinématographique. Connue et appréciée jusque-là d'un cercle restreint de lecteurs, elle connaît tardivement le succès auprès du grand public avec ce court roman, prix Goncourt 1984, dont elle donnera, cas rare dans la littérature, une nouvelle version,* L'Amant de la Chine du Nord, *en 1991.*

L'homme élégant est descendu de la limousine, il fume une cigarette anglaise. Il regarde la jeune fille au feutre d'homme et aux chaussures d'or. Il vient vers elle lentement. C'est visible, il est intimidé. Il ne sourit pas tout d'abord. Tout d'abord il lui offre une cigarette. Sa main tremble. Il y a cette différence de race, il n'est pas blanc, il doit la surmonter, c'est pourquoi il tremble. Elle lui dit qu'elle ne fume pas, non merci. Elle ne dit rien d'autre, elle ne lui dit pas laissez-moi tranquille. Alors il a moins peur. Alors il lui dit qu'il croit rêver. Elle ne répond pas. Ce n'est pas la peine qu'elle réponde, que répondrait-elle. Elle attend. Alors il le lui demande : mais d'où venez-vous ? Elle dit qu'elle est la fille de l'institutrice de l'école de filles de Sadec. Il réfléchit et puis il dit qu'il a entendu parler de cette dame, sa mère, de son manque de chance avec cette concession qu'elle aurait achetée au Cambodge, c'est bien ça n'est-ce pas ? Oui c'est ça.

Il répète que c'est tout à fait extraordinaire de la voir sur ce bac. Si tôt le matin, une jeune fille belle comme l'est, vous ne vous rendez pas compte, c'est très inattendu, une jeune fille blanche dans un car indigène.

Il lui dit que le chapeau lui va bien, très bien même, que c'est... original... un chapeau

d'homme, pourquoi pas ? elle est si jolie, elle peut tout se permettre.

Elle le regarde. Elle lui demande qui il est. Il dit qu'il revient de Paris où il a fait ses études, qu'il habite Sadec lui aussi, justement sur le fleuve, la grande maison avec les grandes terrasses aux balustrades de céramique bleue. Elle lui demande ce qu'il est. Il dit qu'il est chinois, que sa famille vient de Chine du Nord, de Fou-Chouen. Voulez-vous me permettre de vous ramener chez vous à Saigon ? Elle est d'accord. Il dit au chauffeur de prendre les bagages de la jeune fille dans le car et de les mettre dans l'auto noire.

Chinois. Il est de cette minorité financière d'origine chinoise qui tient tout l'immobilier populaire de la colonie. Il est celui qui passait le Mékong ce jour-là, en direction de Saigon.

Je ne ferai plus jamais le voyage en car pour indigènes. Dorénavant, j'aurai une limousine pour aller au lycée et me ramener à la pension. Je dînerai dans les endroits les plus élégants de la ville. Et je serai toujours là à regretter tout ce que je fais, tout ce que je laisse, tout ce que je prends, le bon comme le mauvais, le car, le chauffeur du car avec qui je riais, les vieilles chiqueuses de bétel des places arrière, les enfants sur les porte-bagages, la famille de Sadec, l'horreur de la famille de Sadec, son silence génial.

L'Amant, 1984.

Khady Demba par Marie NDiaye

Le roman de Marie NDiaye, Trois femmes puissantes, *couronné par le prix Goncourt en 2009, rassemble trois récits autour de figures de femmes africaines actuelles. Khady Demba est l'héroïne du troisième récit. Élevée sans amour par sa grand-mère, Khady a eu pendant trois ans un mari « gentil », toujours prévenant et composant avec son désir obsessionnel d'être mère. Devenue veuve, elle est « recueillie » par une belle-famille hostile qui lui fait ressentir son inutilité d'épouse sans enfants. Elle s'enferme dans une « torpeur parcourue de songeries laiteuses » où ne lui reste, face à l'indifférence hargneuse des autres, que la conscience d'être elle-même, « unique en tant que personne ». Sommée par sa belle-mère de rejoindre une parente en Europe, elle va suivre les routes périlleuses de l'émigration clandestine. Elle se blesse à la jambe en s'échappant d'une embarcation promise au naufrage. Avec Lamine, un jeune compagnon d'infortune, elle atteint en camion une frontière où ils sont détroussés. Khady échoue dans une gargote où elle doit se prostituer. Lamine, avec lequel elle partageait sa pitance, lui dérobe ses économies et disparaît. Elle se remet en route, aboutit dans un « camp », où on la soigne. Frêle silhouette claudicante mais entêtée, elle se mêle au groupe qui tente l'assaut du « grillage », dernier obstacle avant la terre promise de l'Europe. L'extrait ci-dessous est le récit de l'assomption paradoxale de cette femme, figure emblématique de la résilience et d'une résistance acharnée aux malédictions de notre XXIe siècle balbutiant.*

Peu après l'aube des cris, des aboiements, des bruits de course retentirent dans le camp.

Des militaires détruisaient les cabanes, arrachaient les bâches, dispersaient les pierres des foyers.

L'un d'eux s'empara de Khady, lui arracha son pagne.

Elle le vit hésiter et comprit qu'il était rebuté par l'aspect de son corps, par sa maigreur, par les taches noirâtres qui parsemaient sa peau.

Il la frappa au visage et la jeta à terre, la bouche plissée de colère, de dégoût.

Plus tard, beaucoup plus tard, des semaines et des mois peut-être, alors que chaque nuit devenait plus froide que la précédente et que le soleil semblait chaque jour plus bas et plus pâle dans la forêt, les hommes qui s'étaient proclamés ou avaient été désignés chefs du camp annoncèrent l'attaque du grillage pour le surlendemain.

◀ Dod Procter, *Dinah Reading*, XXe siècle, huile sur toile.

Camp de M'Bera
Aissétou wallet Mahandou
Kel Dou Karay
Région de Tombouctou

Ils s'ébranlèrent à la nuit, des dizaines et des dizaines d'hommes et de femmes parmi lesquels Khady se sentait particulièrement ténue, presque impalpable, un souffle.

Elle portait comme les autres son échelle et celle-ci, quoique légère, lui paraissait plus lourde qu'elle-même, absurdement comme se font lourdes parfois les choses rêvées, et cependant elle avançait claudicante et non moins rapide que ses compagnons, sentant cogner son cœur énorme dans la minuscule cage d'os de sa poitrine fragile, brûlante.

Ils marchèrent longtemps, silencieux, à travers la forêt puis des terrains empierrés où Khady plusieurs fois tituba et tomba, et elle se releva et reprit sa place dans le groupe, elle qui se sentait n'être qu'un infime déplacement d'air, qu'une subtilité glaciale de l'atmosphère – elle avait si froid, elle était tout entière si froide.

Ils arrivèrent enfin dans une zone déserte éclairée de lumières blanches comme un éclat lunaire porté à incandescence, et Khady aperçut le grillage dont ils parlaient tous.

Et des chiens se mirent à gueuler comme ils progressaient toujours et des claquements rebondirent dans le ciel et Khady entendit : « Ils tirent en l'air », énoncé d'une voix que l'anxiété rendait stridente, inégale, puis la même voix peut-être lança le cri convenu, une seule interjection, et tout le monde se mit à courir vers l'avant.

Elle courait aussi, la bouche ouverte mais incapable d'inspirer, les yeux fixes, la gorge bloquée, et déjà le grillage était là et elle y appuyait son échelle, et la voilà qui montait barreau après barreau jusqu'à ce que, le dernier degré atteint, elle agrippât le grillage.

Et elle pouvait entendre autour d'elle les balles claquer et des cris de douleur et d'effroi, ne sachant pas si elle criait également ou si c'était les martèlements du sang dans son crâne qui l'enveloppaient de cette plainte continue, et elle voulait monter encore et se rappelait qu'un garçon lui avait dit qu'il ne fallait jamais, jamais s'arrêter de monter avant d'avoir gagné le haut du grillage, mais les barbelés arrachaient la peau de ses mains et de ses pieds et elle pouvait maintenant s'entendre hurler et sentir le sang couler sur ses bras, ses épaules, se disant jamais s'arrêter de monter, jamais, répétant les mots sans plus les comprendre et puis abandonnant, lâchant prise, tombant en arrière avec douceur et pensant alors que le propre de Khady Demba, moins qu'un souffle, à peine un mouvement de l'air, était certainement de ne pas toucher terre, de flotter éternelle, inestimable, trop volatile pour s'écraser jamais, dans la clarté aveuglante et glaciale des projecteurs.

C'est moi, Khady Demba, songeait-elle encore à l'instant où son crâne heurta le sol et où, les yeux grands ouverts, elle voyait planer lentement par-dessus le grillage un oiseau aux longues ailes grises – c'est moi, Khady Demba, songea-t-elle dans l'éblouissement de cette révélation, sachant qu'elle était cet oiseau et que l'oiseau le savait.

Trois femmes puissantes, 2009.

◀ Titouan Lamazou, *Assietou*, 2013, Mauritanie, acrylique sur papier, 56 x 43 cm.

Table des matières

Crédits

Couverture

Vera Rockline, *An Elegant Lady with a Pearl Necklace*, XXe siècle, huile sur toile. © Collection privée/Christie's Images/Bridgeman Images.

Pages intérieures

p. 8 : Raphaël, *Portrait d'une jeune fille*, XVIe siècle, tempera sur panneau. © Musée des Beaux-Arts, Strasbourg, France/Bridgeman Images. – p. 11 : Charles Baudelaire, *Dessin de Jeanne Duval avec une inscription pour Paul Chenavard*, XIXe siècle, stylo et encre sur papier. © Bibliothèque Littéraire Jacques Doucet, Paris, France/Archives Charmet/Bridgeman Images. – p. 13 : Alexandre Cabanel, *Ophélie*, 1883, huile sur toile. © Collection privée/Bridgeman Images. – p. 15 : Guillaume Apollinaire, *Calligramme à Lou*, 1915, calligramme. © Bridgeman Images. – p. 17 : Konstantin Lekomtsev, *Portrait d'une ouvrière*, XXe siècle, huile sur toile. © Collection privée/Bridgeman Images. – p. 20 : Jean-Baptiste Huet, *La Laitière*, 1769, huile sur toile. © Wikimedia. – p. 22 : Jean Raoux, *Jeune fille au collier de perles*, XVIIIe siècle, huile sur toile. © Musée des Beaux-Arts, Palais Longchamp, Marseille/Photo Jean Bernard/Bridgeman Images. – p. 26 : Anselm Friedrich Feuerbach, *Portrait de Nanna*, 1861, huile sur toile. © De Agostini Picture Library/Bridgeman Images. – p. 29 : René Bull, *Carmen*, XXe siècle, lithographie couleur. © Collection privée/Look and Learn/Bridgeman Images. – p. 31 : Édouard Manet, *Nana*, 1877, huile sur toile. © National Gallery of Art, Washington DC, USA/Bridgeman Images. – p. 34 : Anonyme, *Paul and Virginie*, XIXe siècle, huile sur toile. © Musée du Quai Branly et des Arts Premiers, Paris, France/Bridgeman Images. – p. 38 : Clovis Trouille, *Justine par le marquis de Sade*, XXe siècle, lithographie couleur. © Adagp, Paris, 2019/Collection privée/Bridgeman Images. – p. 41 : Charles Auguste Steuben, *Esmeralda*, 1839, huile sur toile. © Musée des Beaux-Arts, Nantes, France/Bridgeman Images. – p. 44 : Auguste Renoir, *La Chevelure*, 1876, huile sur toile. © National Gallery of Art, Washington DC, USA/Bridgeman Images. – p. 46 : Jacques Louis David (attr.), *La Maraîchère*, 1789, huile sur toile. © Musée des Beaux-Arts, Lyon, France/Bridgeman Images. – p. 49 : Henri de Toulouse-Lautrec, *La Goulue arrivant au Moulin Rouge*, 1892, huile sur carton. © Museum of Modern Art (MoMA)/Akg-images. – p. 52 : Jacques-Louis David, *La Douleur d'Andromaque*, 1783, huile sur panneau. © École Nationale Supérieure des Beaux-Arts, Paris, France/Bridgeman Images. – p. 56 : Nicolas Lancret (attr.), *Avant le bal costumé*, XVIIIe siècle, huile sur toile. © Musée des Beaux-Arts, Nantes, France/Bridgeman Images. – p. 59 : Jean Raoux, *La Liseuse*, XVIIIe siècle, huile sur toile. © Musée du Petit Palais, Paris, France/Peter Willi/Bridgeman Images. – p. 63 : Anne-Louis Girodet-Trioson, *Atala au tombeau*, 1808, huile sur toile. © Musée Du Louvre/Photo Luisa Ricciarini/Bridgeman Images. – p. 65 : Élisabeth Louise Vigée-Lebrun, *Portrait de Madame de Staël en Corinne au Cap Misène*, 1809, huile sur toile. © Musée d'Art et d'Histoire, Genève, Suisse/Bridgeman Images. – p. 68 : Berthe Morisot, *Jeune femme de dos à sa toilette*, 1875-1880, huile sur toile. © The Art Institute of Chicago, IL, USA/Stickney Fund/Bridgeman Images. – p. 71 : Paul Gauguin, *Portrait de Madeleine Bernard*, 1888, huile sur toile. © Musée des Beaux-Arts, Grenoble, France/De Agostini Picture Library/E. Lessing/Bridgeman Images. – p. 74 : Eugène Delacroix, *La Liberté guidant le peuple*, 1830, huile sur toile. © Louvre-Lens, France/Bridgeman Images. – p. 79 : George Clausen, *Evening Song*, 1893, huile sur toile. © Collection privée/Photo Christie's Images/Bridgeman Images. – p. 82 : Émilie Charmy, *Colette*, 1921, huile sur toile. © Adagp, Paris, 2019/Collection privée/Archives Charmet/Bridgeman Images. – p. 85 : Tamara de Lempicka, *Portrait de la duchesse de Valmy*, 1924, huile sur toile. © Adagp, Paris, 2019/Collection privée/Photo Christie's Images/Bridgeman Images. – p. 88 : Dod Procter, *Dinah Reading*, XXe siècle, huile sur toile. © Collection privée/Photo Christie's Images/Bridgeman Images. – p. 90 : Titouan Lamazou, *Assietou*, 2013, Mauritanie, acrylique sur papier, 56 x 43 cm. © Adagp, Paris, 2019.